Sissi
in Not

und
„Ein bunter Strauß Gedanken"

Erzählungen Gedichte und Zeichnungen

von

Helga Munzke

Herstellung und Verlag: Books on Demand GmbH, Norderstedt

ISBN 978-3-8370-8192-3

Inhaltsverzeichnis:

Vorwort

Sissy in Not

Die Geschichte der jungen Kaiserin	13
Fahrt nach Wien	15
In der Gruft	17
Zu Hause	20
Zeitung	23
Im Sarkophag	27
Die Rettung	30
Danach	32
Im Krankenhaus	34

Kleine Geschichten

Das Ungeheuer	41
Der Heiratsantrag	48
Der Kranz	57
Der Weihnachtsbraten	61
Die Heimkehr	63
Die Krähe Jussef	65
Die Kultfigur	67
Die vertauschte Reisetasche	75
Ein Wochenende am See	90
Fanny	93
Kater Luzifer	96
Kriegszeit	102
Platzkarten	108
Opa und das FDGB-Buch	112
Sturm auf Teneriffa	114
Theaterbesuch	118
Potsdam	120

Das Ding mit dem Autoschlüssel

Autoschlüsselkrankheit   127
Burg Eisenhardt   129
Dallgow   131
Eingeklemmt   133
Zum Arzt   135
Friedhof   136
Markthalle   139
Stern-Center   141
Winter   143

Gedichte

Abstrakte Gedanken   149
Vielleicht   150
Für Dich   151
Herbstfreuden   153
Ich komme zu dir   154
Ich wünsche dir   155
18 Jahre   156
Mein Unterbewusstsein   157
Weisheiten   159

Märchen

Die Liebe siegt   165
Der Ring   169

Nachwort

Was ich sagen wollte ist....   175

Vorwort

Hallo, ich bin Helga Munzke und wir kennen uns noch nicht.
Aber vielleicht wird das jetzt anders. Lange habe ich gebraucht,
um meine Gedankenprodukte öffentlich zu machen. Da ich es nun
gewagt habe, hoffe ich sehr, dass sie positiv aufgenommen
werden, besonders, weil ich noch viele Ideen habe, dass heißt eine
rege Fantasie – in alle möglichen Richtungen.

Der Inhalt dieses Büchleins ist über einen langen Zeitraum hinweg
entstanden und ich habe viele Kleinigkeiten zusammengetragen.

Vielleicht erzähle ich noch etwas über mich.
Ich bin schon Rentnerin, fahre gern in den Urlaub, liebe fast jede
Form von Beschäftigung, auch Gartenarbeit. In meinem Leben
gab es leider nicht nur glückliche Stunden, aber ich bin eine
Sonnenuhr.

Von Beruf bin ich Kaufmann, habe aber auch als Verkäuferin, in
der Gastronomie und als Selbständige gearbeitet.
Ich hatte immer den Wunsch, mir ein Maleratelier einzurichten;
leider ist es dazu nie gekommen und so male ich eben kleine,
wenige Bilder.

Zu dem Inhalt dieses Büchleins möchte ich noch folgendes sagen:
Vieles steht auch zwischen den Zeilen, wenn man es nicht
überliest. Ich hoffe, dass ich ein wenig gefallen kann und auch
Anregung gebe und würde mich über Reaktionen meiner Leser
freuen

Ihre Helga Munzke

Sissi
in Not

Die Geschichte der jungen Kaiserin Elisabeth

genannt „Sissi" hat leider wenig mit der Idylle in den drei Filmen, mit Romy Schneider und Karl-Heinz Böhm, als Kaiser Franz Josef, zu tun, wie der Leser sicher bereits weiß.
Eher kommt der Roman „Sissi" von Joan Haslip an die Wahrheit heran, wenn dies überhaupt möglich ist.
Wer kann in die Psyche einer Frau sehen, der schon in jungen Jahren soviel abverlangt wurde, die sich selbst wohl nie verstanden hat und auch von ihrer Umwelt nicht verstanden wurde; die außerdem schon über hundert Jahre tot ist.
Aufgrund ihrer Handlungen, Briefe, Zeitzeugen etc.hat man Vermutungen angestellt, ausgelegt und doch kann alles ganz anders gewesen sein. Fest steht, sie war keine glückliche Frau.
Lag es an ihr, an ihrem Umfeld, an ihrem Mann, an ihrer Schwiegermutter?
Wir werden es nicht mehr herausfinden.
Anders gesehen, was ist schon Glück?
Wer kann von sich behaupten, dass er ein Leben lang glücklich war oder ist.

Meine Vorstellung davon ist:
Glück ist ein flüchtiger Begleiter und meist sind es nur Momente des Glücks, die wir erfahren. Diese Glücksmomente kann man nicht festhalten.
Aber man kann sie sich bewahren, nachträglich genießen, sich an sie erinnern, sie in seinem Herzen verschließen, um sie bei Bedarf hervorzuholen, damit sie neue Kraft verleihen.
Sicher hat Sissi sich selbst nicht gut gekannt, was auch ihr unstetes Leben beweisen könnte.

Nicht das hohe Amt, mit siebzehn Jahren Kaiserin von Österreich zu sein, nicht der Reichtum und Luxus, der sie umgab, nicht die

Liebe ihres Mannes oder ihres Volkes, nicht der Prunk, mit dem sie sich verwöhnen, kleiden und schmücken konnte, bedeuteten ihr viel. Wichtig war nur ihre Schönheit, obwohl sie als kluge Frau wissen musste, dass Schönheit vergänglich ist.

Je näher man ihr kommen möchte, um so mehr Fragen drängen sich auf. Es ist unklar, ob sie schon beantwortet sind oder es nie sein werden, denn mit dem Tod eines Menschen vergeht auch seine Persönlichkeit, die ganz konkret, und niemand kann davon je etwas zurückholen.

Fahrt nach Wien

Wir waren auf Urlaub in Österreich, ein wunderschönes Land.
Bei einem Ausflug kamen wir auch nach Wien.
Die Wiener Hofburg, der Stephansdom, das Theater, dann der Prater – wir waren fasziniert.
Wien schreibt mit an der Weltkultur. Die Spanischen Reitschule ist einmalig.
Fast jeder kennt das Kaffee „Sacher", oder die Sachertorte.
Auf keinen Fall sollte man einen Besuch in einem „Heurigen-Lokal" versäumen und sich vom Wiener Schmäh verzaubern lassen.
Wir bekamen eine Stadtrundfahrt, durften am Prater aussteigen; an Schloss Schönbrunn sind wir nur vorbei gefahren, aber dafür hatten wir zwei Stunden Zeit allein auf Entdeckungstour zu gehen.
Wir schlenderten also durch die Ringstraße, sahen in das Kaffee „Sacher" hinein und standen plötzlich vor der Kapuzinergruft oder Kaisergruft der Habsburger. Wir gingen hinein und wurden nicht enttäuscht.
Die Kapuzinerkirche ist eine schlichte Kirche. Seit dem Dreißigjährigen Krieg wurden in der darunter befindlichen Gruft die Angehörigen des österreichischen Herrscherhauses in zum
Teil prunkvollen Särgen beigesetzt. 1989 fand hier Zita, die Witwe des letzten Kaisers (Karl I.) ihre ewige Ruhestätte.
Diese Beisetzungsstätte der Habsburger umfasst 139 Metallsarkophage, darunter die von zwölf deutschen und österreichischen Kaisern und von sechszehn Kaiserinnen. Nur zwei Herrscher fehlen in der mit Kaiser Matthias beginnenden Reihe. Kaiser Ferdinand II. (unter dem die erste Gruft fertiggestellt wurde) ruht in Graz, und Karl I., der letzte österreichische Kaiser, ist in Madeira begraben.
Hier sind so bekannte Persönlichkeiten, wie Karl VI., Maria Theresia und ihr Gemahl, Franz I., deutscher Kaiser, Maximilian

von Mexico, Franz Josef I. und Elisabeth, besser bekannt als Kaiserin „Sissi" und ihr Sohn, Kronprinz Rudolf, bestattet.

Was allerdings wenig oder gar nicht bekannt ist, die einbalsamierten Herzen der Habsburgen sind sämtlichst in der Augustinerkirche, im sogenannten „Herzgrüftl" aufbewahrt.

Die Sarkophage sind der Zeit entsprechend teils schlicht, teils sehr prunkvoll und künstlerisch gestaltet. Der Doppelsarkophag von Maria Theresia und ihrem Gatten ist äußerst prunkvoll verziert.

Jeder bedeutender Herrscher hat ein eigenes Kabinett oder Gruftraum, welches dann auch nach ihm benannt ist.

Maria-Theresien-Gruft, oder Franz-Joseph-Gruft - in die wir jetzt kamen.

Es war schon ein eigenartiges Gefühl, in diesem Raum zu stehen, wo die so bekannte, beliebte, verehrte und sicher auch gehasste Frau, Kaiserin Elisabeth von Österreich, Königin von Ungarn, liebevoll „Sissi" genannt, begraben liegt.

Ich habe dabei kein Romy Schneider Syndrom.

Es gibt realistische Bücher über „Sissi", die fast gar nichts mit den Filmen gemein haben.

Sie hat einen sehr schönen Sarkophag. Neben ihr steht der Sarg von Kaiser Franz Joseph I., der etwas bescheidener aussieht. Außerdem befindet sich in dem Raum der Sarg ihres Sohnes, des Kronprinzen Rudolf, der sich bekannterweise das Leben genommen hat.

Wir verweilen ein bisschen andächtig vor ihrer letzten Ruhestätte und gehen noch in die anderen Räume. Es gibt auch viele Kindersärge, aber den Höhepunkt haben wir überschritten und verlassen bald den Ort der Ruhe und Andacht.

Es blieb uns nicht mehr viel Zeit. Unser Ausflug nach Wien war zu Ende.

In der Gruft

Nach Jahren kamen wir durch Zufall wieder nach Wien und freuten uns sehr, diese schöne Stadt wiederzusehen.
Wir frischten also Erinnerungen auf. Hofburg, Karlsplatz. Ein bisschen ziellos gingen wir umher, doch plötzlich war die Richtung klar.
Es zog mich in die Kapuzinergruft.
„Ich möchte noch einmal in die „Kaisergruft" gehen," sagte ich zu meinem Mann. Erstaunt sah er mich an.
„Du kennst sie doch schon und so ein einladender Ort ist es auch nicht."
„Ach bitte, lass uns hingehen," bettelte ich.
Schließlich konnte ich ihn überreden, aber ein wenig unwillig tat er es schon.
Wir gingen also hinein. Der Weg führte uns erst durch die Karolingische Gruft, in der Leopold I., Josef I., Karl VI. und seine Gemahlin Elisabeth Christine von Braunschweig, bestattet sind. Alle drei waren deutsche Kaiser. Dann durchquerten wir die Maria-Theresien-Gruft, mit dem Doppelsarkophag. Es schloss sich die Franzengruft an.
Durch die Kapelle kamen wir in die Franz-Josef-Gruft.
Beim Eintreten, nein eigentlich schon vorher, hatte ich ein eigenartiges vorwärtsziehen verspürt. Es lagen unerklärbare
Schwingungen in der Luft, die mir fast den Atem nahmen. Aber ich ging weiter zu dem Sarkophag von Elisabeth. Dort blieb ich stehen und versuchte diesen Druck abzuschütteln. Es gelang mir nicht, im Gegenteil. Ich sah zu meinem Mann hinüber. Er betrachtete gerade die Verzierungen an den Wänden.
Eine unsichtbare Macht nahm meine Hand und legte sie auf den Sargdeckel. Er war nicht glatt, denn er ist reich verziert. Meine Berührung mit dem Sarkophag war nur gering. Trotzdem durchlief mich ein Zittern, denn es gingen Impulse auf mich über, durchströmten meinen Körper und machten mich

bewegungsunfähig. Meine Gedanken waren ebenfalls blockiert. Das, was wie Stromstöße anmutete wurde stärker. Ich hatte das Gefühl der Raum wurde heller und ich war ganz allein dort.

Da vernahm ich eine leise Stimme. Sie kam aus dem Sarg und mich schauderte es.

„Ich bin Elisabeth, Kaiserin von Österreich," hauchte die Stimme. „Ich erbitte deine Hilfe. Hol mich hier heraus. Ich habe viel falsch gemacht in meinem Leben. Ich möchte es noch einmal leben und besser machen. Nur du kannst mir helfen. Bitte!"

Die letzten Worte waren immer leiser geworden, so dass ich sie kaum noch verstehen konnte.

Ungläubig sah ich zu Franz Joseph hinüber, zu seinem Sarkophag. Irgendetwas verhallte im Raum und von mir fiel eine schwere Last ab und zog mich mit auf den Boden.

Ich schwankte und mein Mann musste mich halten. Es wurde mir übel und der Boden unter meinen Füßen schien sich aufzulösen.

„Was ist mit dir?" hörte ich weit entfernt die Stimme meines Mannes, aber er stand neben mir. „Du bist ja kreidebleich. Jetzt komm aber hier raus. Ich hatte schon recht. Wir hätten nicht noch einmal hierher gehen sollen."

Willenlos ließ ich mich führen und wir erreichten die Straße.

An der frischen Luft ging es mir besser.

„Komm, wir gehen Kaffee trinken. Und du bekommst einen Schnaps. Was war denn los? So habe ich dich überhaupt noch nie gesehen?"

Ich konnte ihm nicht sagen, was geschehen war. Er würde es nicht verstehen. Konnte ich überhaupt darüber reden, ohne für verrückt gehalten zu werden?

„Ach, nichts," sagte ich. „Wahrscheinlich war die Luft darinnen schlecht. Du weißt doch, ich brauche immer viel frische Luft und in der Marienglashöhle ist mir auch immer schlecht geworden."

Ich trank meinen Schnaps und wir redeten von etwas Anderem.

„Wollen wir noch ein bisschen durch Wien bummeln?" fragte mein Mann. „Ach, nein. Eigentlich möchte ich ins Hotel."

Also gingen wir in unser Hotel.

Natürlich fand ich auch dort keine Ruhe. Meine Gedanken umkreisten das Erlebte in der Kapuzinergruft....

Hatte ich es wirklich erlebt?

Hatten mir meine Nerven vielleicht doch einen Streich gespielt?

Die Raumluft war natürlich schlecht. Die Räume sind bestimmt nicht gut belüftet. Und dann die Nähe zu den vielen Toten.

Unheimlich.

Es war wohl doch eine Halluzination.

Damit wollte ich es abtun und mich und meine Gedanken, meine Nerven, beruhigen.

Es gelang mir nicht.

Zu Hause

Ich sehe vom Küchenfenster auf den See. Es ist schönes Wetter. Blau spiegelt sich der Himmel in dem leicht gekräuselten Wasser. Die Schwäne schwimmen Nahrung heischend am Ufer entlang. Meine Kartoffeln kochen auf dem Herd. Ich warte darauf, dass sie gar sind, dann können wir essen.
Es gibt Königsberger Klopse.
Doch meine Aufmerksamkeit gilt nicht dem Essen und ich nehme auch nicht den friedlichen Blick aus dem Fenster auf.

Seit wir aus Wien zurück sind, habe ich keine Ruhe gefunden. Was ich auch tue, meine Gedanken landen immer in der Kapuzinergruft. Erst wollte ich mir die Sache auszureden, dann habe ich versucht, es einfach zu vergessen und mich mit allem Möglichen abzulenken. Schließlich habe ich meinen logischen Menschenverstand hervorgeholt und wollte mir damit beweisen, dass so etwas gar nicht möglich ist.
Jemand, der bereits über hundert Jahre tot ist, kann nicht mit mir reden, mich nicht um Hilfe bitten.

Wenn aber doch?

Es hat ja schon immer und überall die seltsamsten Vorkommnisse auf dieser Welt gegeben und keiner konnte sie erklären.
Ich kann es nicht einfach so abtun und mein Leben ganz normal weiterführen, wie bisher, als wäre nichts geschehen, als hätte mich da nicht jemand um Hilfe gebeten und dieser Jemand ist nicht irgend Jemand, nein es ist "Sissi", die ehemalige Kaiserin von Österreich, die alle Welt liebte, na ja, ach lassen wir das.

Und wenn es gleich irgendein anderer Mensch gewesen wäre, bin ich nicht der Typ, der sich einfach darüber hinwegsetzt. Ich kann es einfach nicht. Genauso wie ich keiner Fliege etwas zu leide tun kann.

Nun ja, das stimmt jetzt nicht ganz. Fliegen mag ich auf den Tod nicht leiden. Die kann ich schon mal mit der Klatsche erschlagen, aber da hört meine Tatkraft auch schon auf, Gott sei Dank. Ich verabscheue Gewalt, in jeder Form.

Ach, du meine Güte, jetzt sind mir die Kartoffeln angebrannt, alles wegen dieser blöden Gedanken, die mich nicht loslassen.

Gestern habe ich mit einem Mönch, Klosterbruder oder auch Mitarbeiter der Kapuzinergruft gesprochen, weil ich es nicht mehr ausgehalten habe.

Mit meinem Mann kann ich darüber nicht reden, er sagt einfach nur: "Du spinnst."

Wahrscheinlich hat er sogar recht.

Was ich bei dem Gespräch mit Wien erfahren habe, hat mich in meiner Meinung bestätigt.

Es hat vor ungefähr fünfzig Jahren schon mal ein ähnliches Ereignis gegeben. Auch da wurde eine Frau um Hilfe aus dem Sarg der Elisabeth gebeten. Auch diese Frau hat sich den Mönchen der Kapuzinergruft anvertraut, aber man hat ihr nicht geglaubt und eine Anfrage im Hause Habsburg in diese Richtung viel negativ aus.

Der Bruder Sebastian, mit dem ich sprach, wollte sich sogar erinnern, dass er in alten Schriften des Klosters vor noch längerer Zeit eine Eintragung eines Mitbruders gefunden habe, wo dieser ebenfalls um Hilfe ersucht wurde. Da dieser es aber für eine Gotteslästerung hielt, jemanden den Gott zu sich gerufen habe, wieder zurückzuholen, sei auch damals nichts geschehen.

Außerdem wollte er sich für diese Information nicht verbürgen, sie sei nur überliefert worden.

Die arme Elisabeth. Da bat sie nun schon so lange um Befreiung aus ihrem Gefängnis und obwohl fast alle sie geliebt haben, war niemand bereit, ihr zu helfen.
Ich jedenfalls war nun fest entschlossen es zu tun.

Aber wie???

Tagelang war ich damit beschäftigt, zu überlegen, wie ich es anstellen konnte.
Allein, das war mir vollkommen klar, vermag ich es nicht.
Ich konnte es nur anschieben, jemanden veranlassen, es zu tun, jemanden überreden, es zu tun, jemanden bitten, es zu tun.

Aber wer konnte das sein?
In meinem Umfeld gab es niemanden. In Wien kannte ich keinen Menschen und normale Menschen konnten und durften es auch nicht sein, es würde ihnen als Verbrechen ausgelegt, als Kunstraub, Schändung von Weltkulturerbe, Störung der Grabruhe oder Ähnliches.
Nein, ich musste einen anderen Weg finden.
Aber noch war in meinem Kopf dieser Weg total dunkel.

Zeitung

Tagelang hatte ich mir den Kopf zerbrochen, aber alle Einfälle immer wieder verworfen. Alles, was mir dazu einfiel, war nicht machbar.

Als ich am nächsten Tag die Zeitung aufschlug, stand dort in großen Lettern "König von Spanien verheiratet...," da machte es klick bei mir. Natürlich, wieso war ich nicht schon eher darauf gekommen.

Die Zeitung!

Die Medien mussten es erfahren. Wenn es erst alle Welt wusste, käme man nicht mehr daran vorbei, etwas zu unternehmen.

Dies war die einzige Möglichkeit.

Gleich am nächsten Tag ging ich zu unserer größten Tageszeitung.

Etwas unschlüssig stand ich in dem Büro.

"Was wünschen Sie?" wurde ich von einer sehr gepflegten Dame hinter dem Schreibtisch gefragt.

"Ich möchte den Chefredakteur sprechen." Sie verzog unmerklich den Mund, sagte dann aber freundlich:

"Das wird nicht gehen, wenn Sie keinen Termin haben. Er ist leider sehr beschäftigt. Ich könnte Sie zu unserem Lokalredakteur führen."

Inzwischen waren mehrere Angehörige der Zeitung durch das Zimmer gegangen und ich konnte ihre Gespräche erhaschen. Einer sagte: "Bis gleich, Herr Brieder."

Ich erinnerte mich dunkel, den Namen in der Zeitung gelesen zu haben. Der mit „Herr Brieder" angesprochene, war gleich im Nebenzimmer verschwunden.

"Herr Brieder ist der Chefredakteur," fragte ich die schicke Dame, ohne auf ihre Antwort einzugehen. Unmerklich nickte sie mit dem Kopf, was ihr wohl gar nicht bewusst war.

"Danke," sagte ich und ging einfach in das besagte Zimmer. Sie war so schockiert, über meine - ich gebe es zu - Frechheit, dass sie

erst nach einer Weile hinter mir herstürzte, um sich bei Herrn Brieder für mein Eindringen zu entschuldigen. Er winkte aber ab.
"Es ist schon gut, Susann," sagte er, "bitte schließen sie die Tür."
Dann wandte er sich mir zu.
"Womit kann ich Ihnen helfen?"
Er war ein mittelgroßer Mann, vielleicht Mitte der 40er Jahre, hatte kurze Haare, die ein bisschen borstig um seinen Kopf standen, war aber tadellos gekleidet und was für mich wichtig war, er machte einen guten, Vertrauen erweckenden Eindruck.
„Bitte, setzen sie sich doch," denn ich stand noch immer etwas unschlüssig an der Tür, überrascht durch meinen eigenen Mut.
"Leider ist meine Zeit etwas gegrenzt."
"Ich versuche mich kurz zu fassen," beteuerte ich ihm. „Was ich ihnen zu sagen habe, wird sie überraschen. Aber gerade deshalb kann ich es nur einer Vertrauensperson erzählen."
Ein Lächeln verschönte sein Gesicht. Er fühlte sich wohl geschmeichelt; ich aber meinte es ernst.
Und so erzählte ich ihm meine "Sissi-Geschichte" und seine Augen wurden erst skeptisch, dann immer größer und aufmerksamer. Als ich geendet hatte, kam es mir so vor, als sei er erregt. Eigentlich hatte ich geglaubt, Leute in seinem Beruf seien abgeklärt und nichts könne sie aus der Ruhe bringen.
Eine Weile sagte er nichts. Dann versuchte er wohl, die Sache herunter zu spielen.
"Ja, das ist sehr interessant, was sie da sagen," warf er leichthin. "Sicher können wir daraus eine ganz gute Story machen. Die Frage ist, was wollen sie dafür haben?"
Ungläubig sah ich ihn an.

"Sie haben mich nicht richtig verstanden. Es geht nicht um mich und ich will nichts dafür haben. Ich bin nur der Meinung, dass ich jemandem helfen muss. Das dieser Jemand, na ja, also Sissi, schon tot ist, macht die Angelegenheit nicht einfacher.

Jedenfalls nicht für mich. Da dachte ich, sie wären sozusagen mein Mittel zum Zweck."

War ich nun deutlich, hatte er mich verstanden, würde er mir helfen?

Bittend sah ich ihn an. Aber seine Augen strahlten.

"Gut," sagte er und drückte dabei auf einen Knopf.

"Wir machen jetzt ein paar Fotos von ihnen. Ich schreibe den Artikel und morgen können sie sich in der Zeitung bewundern."

Wütend sprang ich auf.

"Sie haben mich immer noch nicht verstanden. Es geht nicht um mich und ich will auch nicht in die Zeitung. Das ist übrigens meine Bedingung, dass ich da herausgehalten werde. Ich möchte auf keinen Fall das demnächst Reporter mir auflauern. Bitte, keinen Namen, kein Foto. Das möchte ich von ihnen schriftlich. Ich werde sie anrufen, denn über die Ergebnisse, wenn es denn hoffentlich welche gibt, möchte ich schon Bescheid wissen. Können sie das so akzeptieren?"

Ich fühlte mich schlecht. Wahrscheinlich war mein Auftritt nicht so gut. Ich sah es an seinem Gesichtsausdruck. Aber er hatte sich schnell wieder in der Gewalt, nahm den Telefonhörer ab, wählte und sagte:

"Es hat sich erledigt, Gerd. Danke. Also gut. Wir machen es, wie sie es wünschen."

Sicher lag es an seinem Beruf, dass er es nicht akzeptieren wollte, nein konnte, dass jemand völlig uneigennützig etwas tun wollte.

„Ich danke ihnen." Jetzt war mir wohler.

Er übergab mir ein Stück Papier, auf dem sich auch seine Telefonnummer befand.

Als er mich zur Tür begleitete und wir uns die Hand gaben, hatte ich das Gefühl, das wir nun Komplizen waren.

Er drückte meine Hand und sagte:

„Bis bald."

"Auf Wiedersehen."

Ich stand vor seiner Tür und plötzlich stieg mir das Blut in den Kopf, weil ein schweres Gewicht, ein ungeheurer Druck von mir abfiel.

So, nun hatte ich es auf den Weg gebracht.
Mal sehen, was daraus wurde.

„Guten Tag,“ grüßte ich die Sekretärin Susann und lächelte in mich hinein. Sie verzog nur missmutig das Gesicht, auf dem noch deutlich der Ärger über mein Verhalten vorhanden war.
Recht hat sie, so etwas tut man nicht.

Im Sarkophag

Es ist so dunkel. Ich fürchte mich. Warum muss ich immer auf dem Rücken liegen. Ich kann nicht mehr. Es ist so eng.
O Gott, es ist ein Sarg. Ich bin ja tot.
Dieser schreckliche Mensch, der da plötzlich auf mich zusprang. Was wollte er eigentlich von mir? Er kam mir so nah.
Gespürt habe ich eigentlich nichts, außer das er nach Fusel roch und mir irgendwie zu nahe kam. Unangenehm. Und dann wurde mir in der Herzgegend so warm und es wurde mir übel.
Ja, und dann weiß ich nichts mehr. Ach, ja doch, ein Mann in einem weißen Kittel, ich glaube ein Arzt und meine Zofe standen neben mir. Sie weinte fürchterlich. Der Arzt sagte etwas zu ihr, was ich nicht verstand, weil mir schon wieder übel wurde.
Es war aber im Hotelzimmer vom „Beau-Rivage".

Ja, und dann bin ich wahrscheinlich gestorben.
Warum eigentlich und woran?
Was wird der Franz dazu sagen. Ob er wohl traurig ist. Ja, bestimmt, er wird sehr traurig sein. Er liebt mich, glaube ich, sehr. Ich konnte ihm auch noch nicht sagen, dass ich wahrscheinlich ein Kind unter meinem Herzen trage. Wir brauchen doch einen Thronfolger, der einmal Kaiser von Österreich werden soll.

Mein Gott, ich habe ihn nicht gut behandelt.
Habe ich ihn geliebt?
Doch, ja. Am Anfang sogar sehr. Er war so ein schneidiger Mensch, wenn er mit seiner feschen Uniform vor mir stand.
Aber dann hat die Theresia, meine Schwiegermutter, alles kaputt gemacht.
Und die vielen Etikette.
Du musst gerade stehen. Jetzt nur leicht den Kopf neigen. Nicht so tief, du bist die Kaiserin. Dieses Kleid, den Schmuck, so grüßen,

jetzt weggehen, dort lächeln, wenig essen, keine Regung zeigen,
so etwas tut eine Kaiserin nicht.

Wenn das alles anders gewesen wäre, würde ich den Franz heute
noch lieben.
Er hat nichts dagegen getan. Konnte er auch nicht. Er ist der
Kaiser und muss sich noch mehr an die Etikette halten.

Mir ist kalt. Ich möchte hier raus. Bitte lasst mich hier raus.

Warum bin ich eigentlich nicht richtig tot?

Hat man nach dem Tod noch Gefühle und Gedanken?
Ja sicher, ich habe sie doch auch.
Wie komme ich hier raus?
Allein schaffe ich es nicht. Ich kann mich nicht bewegen, weil es
so eng ist, außerdem zu dunkel und der Sarkophagdeckel zu
schwer.
Sicher haben sie mich in einen schönen, schweren, verzierten Sarg
gelegt, aus dem ich nie wieder herauskomme.
Wie lange bin ich schon hier?
Einen Tag, ein Jahr, zehn Jahre, hundert Jahre?
Ich weiß es nicht.
O, mein lieber Gott, ich darf nicht daran denken.
Ich könnte rufen. Ob mich jemand hört? Vielleicht ist niemand in
der Nähe. Ich werde warten, vielleicht merke ich, wenn jemand da
ist.

Nein, es hört mich niemand. So oft habe ich es schon versucht.
Immer wenn ich jemanden an meinem Sarg vermute.
Heute wieder. Ich weiß genau, da war jemand.

Aber keiner hilft mir.
Eigentlich müsste man mich doch hören, wenn ich rufe.

Oder sind die Wände des Sarges so dick, dass sie jeden Schall abfangen.

Nein, das glaube ich nicht. Unsere Handwerker haben zwar gut gearbeitet, sehr präzise, wunderschöne Sachen haben sie geschaffen, herrliche Skulpturen und vieles mehr. Daran konnte ich meine Freude haben. Ich weiß aber genau, sie haben auch immer mit dem Material gespart, weil es viel Geld kostet. Deshalb werden die Wände nur dünn sein.

Warum also hört mich niemand?

Jetzt bin ich müde. Das viele Rufen strengt an. Ich werde schlafen; kann auch gar nichts anderes tun.

Ich versuche es später noch einmal.

Die Rettung

Die Kapuzinergruft wurde lange von Journalisten belagert. Allmählich ebbte das Interesse der Medien und dann auch der Bevölkerung ab. Ich hatte also auf diesem Wege nicht erreicht, was ich wollte, nämlich, dass über dieses Interesse der Weg zur Öffnung des Grabes von Sissi frei werde.

Schweren Herzens fasste ich einen Entschluss.
Ich fahre nach Wien.

Da stand ich nun vor der Kapuzinergruft und musste da hinein. Beim Lösen der Eintrittskarte zitterten meine Hände. Hoffentlich sah es niemand.
Ich versteckte mich in der dunkelsten Ecke, die ich finden konnte. Langsam verließen die Besucher und auch das Aufsichtspersonal das Gebäude und es wurde stockdunkel. Ich war allein mit so vielen Toten unter einem Dach. Es war unheimlich. Erst nach langer Zeit getraute ich mich, die Taschenlampe einzuschalten. Dann ging ich zu dem Sarkophag von Sissi. Die Lampe erhellte nur spärlich die Räume und ich musste acht geben, nicht zu stürzen. Auch wollte ich nicht unnötige Geräusche verursachen.
„Jetzt bin ich hier, um dir zu helfen," sagte ich leise in Richtung Sarg. "Entschuldige Majestät, das ich dich duze, aber die Situation verlangt ein Vertrauensverhältnis."
Ich machte mich an dem Sarkophag zu schaffen; konnte aber nichts erreichen. Der riesige Deckel war zu schwer. Ich konnte bei der Dunkelheit und dem spärlichen Licht der Taschenlampe den Verschluss nicht finden, nicht mal die Art des Verschlusses erkennen.
„Was soll ich tun?" sagte ich zu mir. Da kam sie mir zu Hilfe.
„Unter dem linken, vorderen Fuß befindet sich ein kleiner Knopf. Wenn du den drückst, wird sich der Sargdeckel öffnen," hauchte es aus dem Innern.

Lauter hätte sie auch nicht sprechen dürfen, sonst wären meine Nerven, die aufs Äußerste gespannt waren, wahrscheinlich gerissen. Ich rutschte auf den Knien nach vorn, fasste unter den Fuß und tastete die Stelle ab, konnte aber nichts finden.
Die Verzweiflung stieg in mir hoch und nahm mir die ohnehin hier schlechte Luft zum Atmen.
Da war etwas. Eine kleine Erhebung. Aber wie machen?
Drücken, ziehen, schieben? Gott hilf mir! Ich weiß es nicht.
War da nicht ein Geräusch? ...
Ich hielt den Atem an.
Doch - da war es wieder. Ich glaubte meinen Ohren nicht trauen zu können, sehen konnte ich ohnehin nicht. Es knirschte und schabte und ich fuhr mit der Hand nach oben an den Deckel.
Es durchfuhr mich wie ein Schwertstich – der Deckel bewegte sich!
Er rutschte ganz langsam zur Seite.
Ich zitterte so stark, dass ich fürchtete, es könnte jemand hören, aber es war mir unmöglich, meine Gliedmaßen still zu halten.
Was kommt jetzt, war die bange Frage.

Einige Zeit geschah nichts, dann glaubte ich im Lichtkegel meiner Taschenlampe einen Hauch, wie Atem in kalter Luft zu sehen und auch zu spüren, wie es mich umwehte, ein Gebilde aus Luft, ein Hauch Vergangenheit. Als mich dann auch noch eine eiskalte Hand berührte, war es mit mir vorbei.
„Sissi,“ hauchte ich noch, dann versagten meine Nerven endgültig und ich versang in ein absolutes Nichts.

Danach

Hand in Hand gingen wir durch die Straßen von Wien. Die Sonne wärmte unsere Seelen. Sie trug ein Kleid aus hellblauer Seide und sah wunderschön aus. Ihr langes dunkles Haar wehte leicht im Sommerwind.
Wir waren glücklich.
Plötzlich tauchten schwarze Wolken auf und sie wurde ganz klein und unscheinbar. Ich hatte große Angst. Um uns herum hörte ich laute Stimmen. Sie schrieen und es klang böse. Die Stimmen kamen immer näher und redeten auf uns ein. Der Raum wurde ständig enger. Jemand fasste mich an. Ich wollte schreien, aber ich konnte nicht.
„Ich glaube sie will etwas sagen," hörte ich eine männliche Stimme dicht an meinem Ohr.
„Hallo, können sie mich hören?"
Jemand klatschte mir auf die Wange.
Das träume ich nicht, kam es mir in den Sinn. Es ist Wirklichkeit. Ich muss nur die Augen öffnen und alles Schreckliche ist vorbei.
Die Augenlider waren so schwer. Es gelang mir nur mit Mühe, sie zu öffnen.
„Jetzt ist sie wieder da. Aber sie sieht ganz blass aus. Wir brauchen einen Arzt. Bitte rufen sie den Notdienst."
„Können sie aufstehen? Ich helfe ihnen."
Ich nickte und versuchte mich zu erheben, aber meine Beine knickten immer wieder ein. Schließlich packten mich zwei Männer unter den Armen und zogen mich aus der Gruft. Sie brachten mich in ein kleines Nebenzimmer und ließen mich vorsichtig in einen Sessel gleiten.
Ich schloss wieder die Augen. Jemand drückte mir eine Tasse heißen Tee in die Hände.
„Halten sie fest; das wird ihnen gut tun. Es kommt gleich ein Arzt."

„Danke," wollte ich sagen, aber ich glaube ich habe nur die Lippen bewegt.

„Ist schon gut," sagte die nette Person. Ich konnte sie nicht erkennen.
Da ging die Tür auf, herein kam, in einem weißen Kittel, Sissi.
Die Tasse fiel mir aus der Hand. Der heiße Tee lief an mir herunter, ich bemerkte es gar nicht.
Eine Frau schrie laut auf.
Ich starte nur auf Sissi, die vor mir stand und wie ich vermeinte, mir mit einem Auge zublinzelte, als wollte sie sagen:
„Alles in Ordnung. Das haben wir doch wunderbar hingekriegt."
Laut sagte sie: „Die Frau hat einen Nervenzusammenbruch. Ich gebe ihr jetzt eine Beruhigungsspritze, dann muss sie in ein Krankenhaus. Bitte rufen sie einen Krankenwagen."
„Und die Polizei?" hörte ich einen Mann fragen.
„Was heißt hier Polizei," die Ärztin wurde ärgerlich. „Ich sage ihnen doch, die Frau muss in ein Krankenhaus. Sie ist nicht zu befragen."
Damit rauschte sie zur Tür hinaus und ich verfiel wieder in einen Dämmerschlaf, von dem ich erst im Krankenhaus erwachte.

Im Krankenhaus

Alles ist so weiß und nicht ganz deutlich. Wo bin ich eigentlich?
„Hallo." Jemand klopft mir die Wange und ich spüre einen Atem.
Ich muss die Augen öffnen. Es geht sehr schwer.
„Ach, da sind sie ja."
Eine freundliche Schwester steht an meinem Bett.
„Sie sind im Krankenhaus. Wie geht es ihnen?" fragt sie mich.
Ich versuche zu antworten, es kommt aber nichts heraus.
„Ich bringe ihnen etwas zu trinken. Das wird schon wieder."
Sie geht aus dem Zimmer und kommt kurz darauf mit einer Kanne
Tee zurück, gießt mir ein Glas ein und hält es mir hin.
„Es wird ihnen gut tun."
„Danke."
„ Na bitte, die Sprache ist auch wieder da."

Ich trinke meinen Tee und spüre, wie die Lebensgeister
zurückkehren.
Was war eigentlich geschehen? Ich denke über das Vergangene
nach. Alles fällt mir wieder ein, aber es regt mich nicht mehr auf.
Jetzt habe ich Abstand.
Wie schön, dass ich der Sissi helfen konnte.
Konnte ich ihr helfen? Ist sie wirklich frei? Wie frei? Wird sie
leben oder ein Geist sein?
Es schaudert mich nun doch. Habe ich es überhaupt geschafft den
Sargdeckel zu öffnen oder habe ich es mir nur eingebildet?
Nein, es war keine Einbildung. Ich bin ja hinterher mit ihr durch
Wien gegangen.

Moment, das waren aber meine Nerven; das habe ich doch nur
geträumt, als ich schon ohne Bewusstsein war, oder?

Nun ist mir wieder schlecht. Vor meinen Augen beginnt es zu
flimmern und die Schwester, die gerade hereinkommt, schreit laut

nach einem Arzt.

„Ihre Nerven müssen schon vorher nicht sehr stabil gewesen sein," höre ich den Arzt sagen.
„Ach, sie ist wieder da. Ich habe ihnen eine Spritze gegeben, zur Stärkung."
Es klopft an der Tür. Herein kommt mein Mann. Ich drücke ihn ganz fest an mich.
Jetzt wird alles wieder gut.

H Munske
Alte Burg
1983

Kleine

Geschichten

Das Ungeheuer

Ein greller Pfiff zerriss die morgendliche Stille.

Als wäre dies ein Startsignal gewesen, belebt sich die Straße.

Meiers Hund kommt im eleganten Bogen aus der Haustür gesaust, bellt Thomas kurz an und läuft dann zu seinem Lieblingsbaum.

Aus Richtung Wollestraße rattert ein Auto durch die wenig befahrene Straße. Vom nahen Kirchturm beginnen die Glocken zu läuten.

Thomas zählt acht Schläge; Zeit für die ersten Kirchgänger, sich auf den Weg zu machen.

Gerade setzt Thomas die Finger zum zweiten Pfiff an die Lippen, da klirrt im ersten Stockwerk das Fenster und Jörg, noch kauend, steckt seinen Kopf heraus.

„Was is`n?" so seine gelangweilte Frage.

Thomas erkennt sofort, dass die Langeweile rückläufig zu bewerten ist. Sicher hatte die Mutter Jörg wieder Vorhaltungen gemacht, was dieser immer mit gespielter Gleichgültigkeit parierte.

„Los, komm runter. Ich will dir was zeigen. Ist wichtig!"

Thomas blinzelte gegen die Sonne.

„Geht nicht. Ich muss erst aufräumen."

Na, da lag er doch richtig mit seiner Vermutung, dass Jörg sauer war.

Jörgs Kopf verschwand einen Moment aus der Fensteröffnung, um gleich wieder zu erscheinen.

„Ich komme," griente er.

Kurze Zeit später stand er auf der Straße mit einem Einkaufsbeutel in der Hand.

„Ich soll Milch holen. Komm."

Sie schlenderten die Straße hinunter.

„Was willst'n mir zeigen?" wollte Jörg nun wissen.

Thomas tat geheimnisvoll, nicht nur weil er sicher war, eine wichtige Entdeckung gemacht zu haben, er war auch im Zweifel, wie Jörg sie aufnehmen würde.
„Wir gehen zum Müllplatz.“
Müllplatz war schon mal gut. Er hatte für die Kinder etwas Abenteuerliches. Die Jungen verbrachten gern ihre Zeit dort. Es gab immer etwas Interessantes zu entdecken und wenn man Glück hatte, fand man ein altes Armeeabzeichen.
Nun platzte Jörg doch beinahe vor Neugier.
„Nun sag schon,“ drängte er Thomas. Der blieb cool.
„Wir sind gleich da.“
Auf dem Müllplatz angekommen, ging Thomas zielstrebig bis zu einem Berg, den wohl der Bagger angehäuft hatte. Davor war der Boden aufgewühlt und der letzte Regen hatte kleine Seen zurückgelassen.
Bedeutungsvoll zeigte Thomas auf diese Vertiefungen.
„Siehste das,“ flüsterte er Jörg zu.
„Nee!“
„Nicht so laut. Es kann uns hören.“
„Wer kann uns hören?“ Jörg hatte jetzt auch die Stimme gedämpft, es lag Spannung in der Luft und er sah sich erwartungsvoll um.
„Hier lebt ein Ungeheuer. Die Löcher sind seine Fußspuren. Es ist riesengroß.“
Gespannt sah der Jörg an.
„Du spinnst,“ sagte der nur und tippte mit dem Finger an die Stirn.
„Ich sehe nichts als Dreck und Wasserlöcher.“
Sein Interesse war erloschen. Zum Schein lief er noch ein bisschen umher, um sich dann zu verkrümeln.
„Ich muss jetzt einkaufen, sonst is` zu.“
Weg war er. Thomas blieb allein zurück. Er konnte ihn nicht mal mehr bitten, die Sache nicht weiterzuerzählen.
Vielleicht wäre es besser gewesen, das Geheimnis für sich zu behalten. Aber das war schwer. Es hatte ihm so auf der Seele

gelegen. Sicher wollte das Ungeheuer auch, dass niemand es erfuhr. Nun war es bestimmt böse und würde vielleicht nicht mehr kommen.

Thomas ging bis dicht an den Berg heran. Da war eine Höhle im Berg. Der zusammengeschobene Müll bildete hier einen Überhang.

Das ist bestimmt seine Wohnung.

Er wartete. Nichts geschah.

Thomas ging ein Stückchen in die Höhle hinein. Ihm war unheimlich zumute.

Da! Jetzt kommt es!!

Leise bebte der Boden unter seinen Füßen, dann brach ein Stück vom Überhang ab und stürzte vor Thomas auf die Erde.

Erschrocken wich er zurück. Es ist doch mit mir böse oder es warnt mich, ich soll nicht weitergehen.

Thomas wartete noch eine Weile. Alles blieb ruhig. Da ging er nach Hause.

Er würde morgen wiederkommen und Jörg würde er es noch beweisen, dass es auf dem Müllplatz ein Ungeheuer gab.

Hinter dem Ortsausgang war plötzlich die Straße abgebrochen und musste gesperrt werden. Die Jungens flitzten dorthin, als sie davon erfuhren und bestaunten die Abbruchstelle. Der Asphalt war mindestens einen dreiviertel Meter abgesackt. Die Bruchstelle war kantig und ging über die ganze Straßenbreite. Ausgiebig wurde über die Ursache diskutiert, auch mit langen Ohren zugehört, was die Polizei, die natürlich vor Ort war und die Straße sperren musste, dazu aussagte.

„Es könnte der letzte große Regen gewesen sein," vermutete einer der Polizisten. Ein andere meinte, vielleicht eine unterirdische Wasserader, die plötzlich aktiv geworden sei.

Nur Thomas wusste es besser.

„Das war das Ungeheuer," flüsterte er Jörg ins Ohr. „Das ist in letzter Zeit böse, weil sie seine Höhle auf dem Müllplatz dauernd beschädigen und wegschieben, mit dem großen Bagger."
Immer noch ungläubig sah Jörg zu Thomas. Aber dessen ernstes Gesicht und die vor ihm deutlich erkennbare Zerstörung verfehlten nicht ihre Wirkung.

Es vergingen ein paar Tage und da sich nichts Aufregendes ereignete, hütete sich Thomas über sein Ungeheuer zu reden.

Nach einer Woche gingen sie wie selbstverständlich wieder auf Abenteuersuche auf den Müllplatz.
Wie angewurzelt blieben sie beide gleichzeitig stehen und sahen sich verschreckt an.
Jetzt war auch Jörg überzeugt, dass es das Ungeheuer gab.
In den ganzen vergangenen Jahren war nicht so viel passiert, wie in der letzten Zeit. Das war der Beweis.

Der große Bagger, der immer den Müllplatz ebnete, stand ganz schief und es war nur noch ein Teil von ihm zu sehen.
Der Rest war im Boden versunken.

Plötzlich sausten die Jungen los. Es konnte ja sein, der Baggerfahren saß noch darin und kam nicht heraus.
Als sie den Bagger erreichten, kam der Fahrer hinter dem
Fahrzeug hervor und schimpfte mörderisch, aber nicht auf die Jungens, wie er sonst immer tat, denn sie hatten auf dem
Müllplatz nichts zu suchen, nein diesmal schimpfte er auf das Wetter.
„Nun schaut euch das an," sagte er zu den beiden Jungen, froh, dass er mit jemand reden konnte. „Der verdammte Regen hat den Boden so aufgeweicht, dass der schwere Bagger darin verzinkt. Wie soll ich den wieder rauskriegen?"
„Vielleicht reden sie mal mit ihm," rutschte es Thomas heraus.

„Was sagst du?"
Jörg stieß Thomas in die Seite. Gott sei Dank hatte der Mann
nicht verstanden, was Thomas sagte.
„Ach, ich meine nur, sie haben Recht. So ein Ärger mit dem
Wetter," redete sich Thomas schnell heraus.
„Können wir ihnen vielleicht helfen?"
„Ja. Das könnt ihr. Hier ist die Telefonnummer von meiner Firma.
Ruft doch an und sagt, es muss jemand kommen. Ich muss hier
bleiben und sehen, dass das Ding nicht ganz im Boden
verschwindet."
Sie versprachen eifrig sofort zu telefonieren und liefen fort,
erleichtert dass ihr Besuch auf dem Müllplatz diesmal so
glimpflich abgelaufen war.

Den Bagger kriegten sie tagelang nicht aus dem Schlamm. Aus
der Ferne beobachteten Thomas und Jörg das Geschehen.
Beinahe wäre das Zugfahrzeug auch noch versunken. So
beschränkte man sich darauf, Bretter und Eisenplatten unten den
Bagger zu schieben und auf besseres Wetter zu warten.

Als das alles vorbei war, arbeitete der Bagger wieder eifrig auf
dem Müllplatz und die Jungen befürchteten das Schlimmste.
Und es kam.

Erst hatten sie in der ganzen Stadt Stromausfall und niemand
konnte eine Ursache finden; dann war eines Tages der Bagger
vom Müllplatz verschwunden und da es eine Kleinstadt war,
erfuhr es sofort jeder.
Niemand hatte etwas gesehen oder bemerkt, nur die Jungen
wussten, was los war, aber sie konnten es nicht sagen. Man würde
ihnen nicht glauben und außerdem mussten sie zugeben, häufig
auf dem Müllplatz gewesen zu sein.
Also blieb alles so wie es war.

Aber die Jungen wollten etwas tun. Sie waren die einzigen, die das konnten.

So gingen sie nachts auf den Müllplatz.

Es war unheimlich. Aber erstens durfte sie niemand sehen und zweitens glaubten sie, nachts besser mit dem Ungeheuer in Kontakt zu kommen.

Es war eine stürmische, stockdunkle Nacht, die die mitgebrachte Taschenlampe nicht erhellen konnte. Sie blieben ganz dicht bei einander; das gab ihnen eine kleine Sicherheit. Der Müllplatz wirkte bei ihrer Ankunft schauerlich. Nur gespenstisch nahmen sie etwas wahr. Die Lampe, oben an Mast, schwankte beängstigen hin und her und verwischte die Konturen. Plötzlich erfasste sie in ihrem Lichtkegel ein riesiges Gebilde, was sich leicht auf und ab bewegte. Wie gebannt blieben die Jungen stehen.

„Das ist es," hauchte Thomas und Jörg nickte mit dem Kopf, obwohl er so gut wie nichts verstanden hatte, war er instinktiv der gleichen Ansicht.

„Wir müssen mit ihm reden. Es bitten, unsere Stadt in Ruhe zu lassen und erklären, das es nötig ist, den Müllplatz zu säubern."

„Ja, sag du es ihm."

Thomas schlotterten die Knie. Trotzdem trat er einen Schritt vor und wollte in die Nacht rufen.

„Wie soll ich es anreden?" Jörg wusste es auch nicht.

„Lass einfach die Anrede weg." Ja, das war eine gute Idee.

Also los.

„Bitte lassen sie unsere Stadt in Frieden. Wir sind alle brave Einwohner und werden ihnen nichts tun. Vielleicht können sie umziehen, in den Wald oder die Berge."

Die Worte verhallten. Den Rest trug der Wind davon.

Sie lauschten, ob ihnen eine Antwort werde, aber es klapperten nur die Schrottautos.

Eine Weile warteten sie noch, dann zog sie die Kühle der Nacht und die Angst nach Hause.

Wochenlang gingen sie nicht mehr auf den Müllplatz.
Aber, oh Freude, es gab auch keine Unheile mehr.

Sie fühlten sich als Retter ihrer Stadt.
Wer weiß, was für Untaten, das Ungeheuer noch angerichtet hätte,
wenn sie nicht so mutig gewesen wären, es um Gnade zu bitten.

Leider konnten sie ihre Heldentat nicht öffentlich machen, denn
niemand würde ihnen ihre Geschichte glauben und je mehr Zeit
verging, um so weniger glaubten sie selbst daran.

Der Heiratsantrag

Der Krieg war hart mit Friedrich umgegangen. Seine Frau an Lungenentzündung gestorben, sein ältester Sohn war tot und der Jüngste noch immer nicht aus dem Krieg zurückgekehrt.
Die Arbeiten in Hof und Garten wuchsen ihm über den Kopf.
Schwermütig gedachte er besserer Zeiten vor dem Krieg.
Auch da waren sie arm, aber glücklich.
Eines Tages besuchte er seine Cousine Ida. Sie wohnte, wie er, in einer Siedlung. Eigentlich war es nur eine Straße mit Einfamilienhäuschen. Man betrat sie durch einen Torbogen, der mit Wohngebäuden überbaut war, wie bei Friedrich in der Siedlung auch.
Er fuhr mit dem Fahrrad zu ihr. Sie saßen auf der Veranda. Es gab selbstgebrannten Kaffee aus gerösteter Gerste.
Friedrich klagte der Cousine sein Leid.
Natürlich versuchte sie ihn zu trösten. Aber womit tröstet man jemanden, der seine Lieben verloren hat.
Er erzählte ihr, wie fleißig seine Selma gewesen war und das er allein die Arbeit nicht schaffen könne.
„Such dir eine Frau," riet sie ihm.
„Und wie soll ich das machen?"
„Ich weiß eine. Sie wohnt bei mir schräg gegenüber und heißt Anna. Sie ist eine ansehnliche Frau. Stammt vom Lande. Ihr Mann ist vor Jahren gestorben. Jetzt lebt sie mit ihrer Schwester zusammen in ihrem Haus. Die Schwester ist unverheiratet. Die beiden Frauen haben es nicht leicht. Geh rüber und frag sie."
Friedrich war unentschlossen. Sein ostpreußischer Dickschädel war ihm im Wege.
„Was soll ich denn sagen?"
„Na, einfach frisch von der Leber weg."
Ida nickte ihm aufmuntern zu.
Friedrich tat beleidigt. Nahm sein Fahrrad und fuhr nach Hause.

Nach drei Tagen, als er wieder jeden Abend allein in seiner Stube gesessen hatte, draußen die Arbeit nicht geschafft und sich sehr einsam fühlte, wobei er ständig darüber nachdachte, was Ida ihm geraten hatte, fuhr er wieder zu ihr.

Sie war erstaunt, ihn schon wieder zu sehen, denn gewöhnlich kam er nur einmal im Jahr.

Erst drockste er ein wenig herum, dann fragte er:

„Wie sieht sie denn aus?“

Ida stellte sich dumm. Er hatte sie letztes Mal so abfahren lassen, dabei hatte sie es doch gut mit ihm gemeint.

„Wen meinst du?“

„Na, deine Nachbarin.“

„Ach die. Ja, wie gesagt eine patente Frau.“

Sie stieß ihn scherzhaft in die Seite.

„Nun trau dich schon. Sie kann höchstens nein sagen; mehr kann doch nicht passieren.“

Und Friedrich ging.

Entschlossen schritt er über die Straße und klopfte an das Hoftor.

Eine Haustür klappte, dann wurde das Tor geöffnet.

Vor ihm stand eine große, vollschlanke Frau. Ihr Gesicht hatte gleichmäßige Züge und ehrliche Augen, aber man sah ihr an, dass sie viel und hart gearbeitet hatte in ihrem Leben. Die Haare, schon grau, waren wie bei seiner Selma hinten zu einem Knoten zusammen genommen. Allerdings hingen ein paar vorwitzige Löckchen nebenher, die sich nicht bändigen lassen wollten.

Eine Weile verging, in der Friedrich sie betrachtete.

Sie trug eine Schürze und derbe Schuhe.

Sie gefiel ihm.

„Was wollen sie?“ fragte sie ihn, als die Pause zu lange währte und ihre Stimme klang rau. Da erst fiel Friedrich ein, dass er sich vorher gar keine Worte zurecht gelegt hatte und da ihm nun keine Zeit mehr blieb, platzte er mit der Tür ins Haus.

„Wollen sie mich heiraten?“

Ihre Augen wurden groß.

Da steht ein wildfremder Mann vor der Tür und will mich heiraten?

Nun betrachtete sie ihn eingehend, um die Wahrhaftigkeit seiner Äußerung zu prüfen. Er hielt ihrem Blick stand und wich keinen Millimeter von seiner Position ab. Sie erkannte die Ernsthaftigkeit seiner Frage und da sie eine praktische Frau war, bat sie ihn erst mal herein.

„Setzen sie sich."

Sie saßen sich auf zwei Gartenstühlen gegenüber. Der Tisch dazwischen hatte eine Holzplatte, die einen Anstrich nötig gehabt hätte.

Es herrschte Schweigen.

Er wusste nicht was er sagen sollte.

Sie war so überrascht von seinem Sturmangriff.

Schließlich wurde es ihr zu lang und sie brach das peinliche Schweigen.

„Woher wissen sie, dass ich allein bin?"

Gott lob. Er war froh, dass sie sprach, nun konnte er antworten.

„Meine Cousine, die Ida, hat mir von ihnen erzählt."

Und nun wusste er auch gleich weiter:

„Meine Frau ist vor ein paar Monaten gestorben, davor mein Sohn und nun bin ich so allein und kann meine Arbeit nicht schaffen. Der Garten verkommt, das Haus ist nicht in Ordnung..."

Er hielt inne; unschlüssig, ob das was er sagte, angebracht war, in dieser Situation.

Aber sie verstand ihn gut. Es war auch ihre Welt, von der er redete.

Trotzdem war sie in ihrem Inneren sehr verwirrt.

„Bitte gehen sie jetzt."

Friedrich war erschrocken. Hatte er etwas falsch gemacht?

Sicher, sonst würde sie ihn nicht ohne eine Antwort wegschicken. Aber was?

Unschlüssig stand er auf. Bewegte sich langsam auf das Hoftor zu. Dort drehte er sich noch einmal um.

Sollte das alles gewesen sein?

Bittend sah er sie an.

„Darf ich noch einmal wiederkommen?"

Kaum merklich nickte sie mit dem Kopf und schloss dann rasch die Tür hinter ihm.

Sie ging nicht ins Haus, sondern in den Garten. Sie war so aufgewühlt, das brauchte ihre Schwester nicht zu sehen. Erst mal herunterkommen von dem Schreck.

So viele Jahre war sie schon allein. Sicher, es war nicht leicht gewesen. Schwer hatte sie in der Munitionsfabrik arbeiten müssen, um sich und ihre Schwester durchzubringen. Die hatte in ihrem Leben auch nur Pech gehabt. Das sie „von Rothkay" hieß, hatte einen unguten Beigeschmack, denn dieser eitle Herr „von" war ein Heiratsschwindler und schneller wieder verschwunden, wie er aufgetaucht war. Die Schwester hatte es nie verwunden. Es hatte sie hart gemacht. Deshalb würde sie auch die Erregung von Anna nicht verstehen.

Jetzt noch mal einen Mann ins Haus holen, wo sie all die Jahre allein zurecht gekommen waren. War es nicht gut so, wie es war? War es wirklich gut?

Anna hatte nicht mehr damit gerechnet, das noch einmal ein Mann in ihr Leben treten könnte. Aber schlecht wäre es nicht. Und die Zeiten waren so unruhig. Ein Mann wusste immer einen Ausweg und viele Arbeiten im Haus und im Garten fielen den beiden Frauen sehr schwer.

Sie kannte ihn nicht. Was war er für ein Mensch? Würden sie sich verstehen? Es ging nicht nur darum einen Mann zu haben. Für Leidenschaften fühlte sie sich zu alt, obwohl, sie war dreiundfünfzig, so alt ist das nicht. Und ihre Figur war gut, alles an ihr war noch fest.

Sie war jetzt etwas ruhiger geworden und ging langsam ins Haus.

„Emma, ich werde heiraten!"

Die Schwester sah sie erschrocken und ungläubig an.

„Bist du verrückt?"

„Nein.
Morgen geh ich zu Ida rüber und erkundige mich nach ihm."
Beim Frühstück sprachen die Schwestern kein Wort. Jede hing
eigenen Gedanken nach und das selbstgebackene Brot wollte
heute nicht schmecken.
„Warum sollen wir plötzlich einen fremden Mann im Haus haben?
Jahrelang sind wir auch ohne ausgekommen. Mussten alles allein
schaffen. Na, ja. Schwer war das schon. Manches haben wir gar
nicht geschafft. Neulich, als der Sturm einen Teil des Schornsteins
abbrach. Gottlob, ist das Dach ganz geblieben. Ein Mann könnte
es sicher richten, aber wir beiden Frauen? Trotzdem! Ich kann es
mir nicht vorstellen. Man muss immer Rücksicht nehmen. Männer
sind so schwierig," dachte Emma.

Auch Annas Stirn zeigte Sorgenfalten.
Soll ich oder soll ich nicht? Kann ich es meiner Schwester antun?
Sie hat so schlechte Erfahrungen mit den Männern gemacht.
Eigentlich war es nur einer, aber der war so schlimm wie fünf
zusammen. Ich glaube, sie hat es noch immer nicht verdaut. Und
jetzt will ich ihr einen fremden Menschen zumuten. Ist das zuviel
verlangt? Wenn ich ihn kennen würde, könnte ich es besser
einschätzen. Aber ich kenne ihn gar nicht und trage mich trotzdem
mit dem Gedanken, ihn zu heiraten. Anna, du bist verrückt. Aber
Hilfe könnten wir brauchen. Nein, sei mal ehrlich zu dir. Auch ein
wenig Wärme, ein bisschen Zärtlichkeit täte dir gut. Was hast du
den schon vom Leben gehabt, außer Arbeit und Sorgen; dann der
Krieg und immer mit allen Problemen allein fertig werden. Das ist
schwer. Und jetzt habe ich die Möglichkeit, das zu ändern. Anna,
warum sollst du nicht auch mal Glück in deinem Leben haben;
und dass das so einfach vor der Tür steht, ist doch fast wie ein
Wunder. Ich werde ihn nicht wegschicken. Emma hat auch etwas
davon. Wir können unsere Sorgen auf drei Schultern verteilen und
erst recht die Arbeit."
Entschlossen stand sie auf.

„Ich gehe zu Ida rüber!“
Emma sagte nichts.

„Guten Morgen, Ida. Darf ich einen Moment rein kommen?“
„Morgen, Anna. Komm rein. Ich habe schon auf dich gewartet.“
Fragend sah Anna die Nachbarin an.
„Na, nun tu nicht so. Du weißt schon, was ich meine. Du kommst
doch wegen Friedrich?“
Ein wenig peinlich war es Anna schon, als sie zaghaft nickte.
„Es braucht dir nicht unangenehm zu sein,“ redete Ida schon
weiter, „ist völlig in Ordnung. Schließlich habe ich ihn zu dir
geschickt, nun muss ich auch Beistand leisten. Außerdem, was
haben wir für schwierige Zeiten jetzt nach dem Krieg. Da müssen
die Menschen einander helfen. Komm rein.“
Diese Worte beruhigten Anna ungemein.
Wie recht Ida hatte.

Sie saßen auf der Veranda. Ida hatte einen selbstgebrannten
Kirschlikör geholt und beiden ein Glas eingeschenkt.
„Es redet sich leichter,“ baute sie dem Einwand von Anna vor,
dass Alkohol am frühen Vormittag nicht das Richtige wäre.
Weil Anna immer noch keinen Mut zum Sprechen hatte, redete
Ida einfach weiter.
„Also, du solltest nicht lange überlegen. Da machst du nichts
falsch. Er ist ein anständiger Mann. Seine Frau und sein Sohn sind
vor kurzem gestorben. Ach, das hat er dir erzählt. Nun lebt er
ganz allein, genau wie du, oder ihr beide. Ich meine du und deine
Schwester, denn irgendwie müsstet ihr ja beide mit ihm
auskommen. Er hat ein kleines Häuschen „Am Anger“. Die
Siedlung kennst du ja. Ähnlich wie unsere Häuser. Eins könntet
ihr verkaufen. Na, das ist wohl im Moment nicht so wichtig.
Er stammt aus Ostpreußen, lebt aber schon jahrelang hier. Sicher
sind die Ostpreußen ein bisschen stur, aber jeder Mensch hat seine
Schwächen. Das kann man nicht ändern. Mein Otto wollte auch

immer Recht haben und ich musste nachgeben, trotzdem wünschte ich mir, er wäre noch da.
Sie redete gern und viel. Anna hörte ihr aber aufmerksam zu und alles was sie sagte, fiel tief in ihr Inneres und öffnete die Seele für Neues; das spürte sie.
„Ich danke dir," sagte sie unvermittelt zu Ida und stand auf.
Ida verschlug es die Sprache.
„Aber Anna, du hast doch gar nichts gesagt, mich nichts gefragt. Das wolltest du doch. Deshalb bist du doch gekommen?"
Ida konnte es nicht begreifen.
Anna drückte Ida die Hand:
"Grüß ihn von mir, wenn er zu dir kommt und sag ihm ... ich,... er möchte mich besuchen."
Rasch verließ sie das Haus. Ida konnte nichts mehr erwidern.

Es vergingen ein paar unruhige Tage, an denen sie sich fragte, ob er wohl kommen würde. Vielleicht hatte er es sich anders überlegt, oder sie hatte ihn bei der ersten Begegnung vor den Kopf gestoßen. Nun traute er sich nicht noch einmal nachzufragen. Diese und ähnliche Gedanken kreuzten ständig ich ihrem Kopf, obwohl sie sich wie wild in die Gartenarbeit stürzte, als würde ihr die Arbeit davonlaufen.

Emma war noch immer reserviert. Auch das machte ihr zu schaffen.
Ganz plötzlich unterbrach sie die Arbeit, ließ einfach den Spaten fallen und ging ins Haus. Emma war wie immer mit den Mittagsvorbereitungen beschäftigt. Das war ihre Aufgabe.
Anna setzte sich an den Tisch.
„Lass uns reden."
„Ich habe keine Zeit. Die Kartoffeln sind gleich fertig...."
Anna unterbrach sie.
„Bitte," sagte sie, „es ist für uns beide wichtig. Nein, winke nicht ab," fügte sie schnell hinzu, als sie Emmas abwehrende

Handbewegung sah.

„Glaube mir, ich tu es nicht nur für mich. Es ist für uns beide gut. Denk doch mal an die vielen unerledigten Arbeiten, die wir beide nicht bewältigen konnten. Nein, ich will ihn nicht nur zum arbeiten, das gebe ich zu. Ich will auch den Mann. Ich bin doch noch keine alte Frau und möchte noch ein bisschen Freude am Leben haben. Auch davon bekommst du etwas ab, denn weniger Arbeit oder geteilte Arbeit bringt Freizeit. Du kannst spazieren gehen oder mal ins Kino. Dafür hatten wir doch bisher keine Zeit."

Sie machte eine Pause. Lange Reden waren nicht so ihre Sache und Emmas schon gar nicht.

Sie sah ihre Schwester an und sie kannten sich gut. Sie wusste schon an ihrem Gesichtsausdruck, was diese jetzt sagte:

„Na, wenn es sein muss."

Anna umarmte die Schwester; davon waren beide ein wenig überrascht. Sie hatten seit Jahren keine Umarmungen ausgetauscht; merkten aber, wie gut ihnen das tat.

Nun da zwischen ihnen alles geklärt war, brauchte nur noch der Bräutigam zu kommen. Aber er kam nicht.

Anna war nervös.

Sollte sie Ida noch mal bitten?

Nein, dazu war sie zu stolz. Sie musste eben warten und wenn er nicht kam, konnte man es auch nicht ändern.

Sie bekamen selten Besuch und als es dann endlich nach vierzehn Tagen an der Tür läutete, konnte es nur der Langersehnte sein.

Schnell warf Anna noch einen Blick in den Spiegel, bevor sie die Tür öffnen ging.

Da stand Friedrich. Er hatte einen dunklen Anzug angezogen. Das hatte er Anna voraus, denn sie hatte nicht gewusst, wann er kommen würde und so strich sie zerstreut ihre Schürze glatt.

Es streckte ihr einen Strauß Gartenblumen entgegen und reichte ihr dann die Hand.

„Kommen Sie herein.“

Sie standen im Hof und er konnte nicht mehr warten:

„Haben sie es sich überlegt?“

„Ja,“ sagte sie und er spürte, es kam von Herzen.

„Ja, ich bin einverstanden. Ich werde sie meiner Schwester vorstellen. Wir leben hier zusammen. Kommen sie ins Haus.“

Man ging in die Küche. Dort saß Emma am Tisch und schälte Kartoffeln, denn es war bald Mittagszeit.

„Das ist meine Schwester Emma,“ stellte Anna sie vor.

Man reichte sich die Hand.

„Bitte setzen sie sich.“

Das war Emma – Anna war überrascht.

„Einen Moment.“

Anna verschwand im Keller und kam mit einer Flasche Wein zurück.

„Selbst gemacht,“ sagte sie stolz.

Emma holte drei Gläser aus dem Küchenspind. Der Wein, leicht golden, perlte im Glas. Er war herb.

„Von Johannisbeeren.“

Man stieß an und sie sagte leise:

„Ich heiße Anna und du?“

Der Kranz

Er ist tot.

Da ist dieser Schmerz. Er tötet die Seele und lässt den Leib verfallen.

„Du musst etwas essen!"

„Was?"

„Iß doch das Brötchen. Bitte."

„Ja..."

Der Blick geht ins Nichts.

Alles um mich herum ist nichts, ist kahl und leer. Ich finde keinen Halt. Nirgends kann ich mich festklammern, denn ich habe das Gefühl zu fallen.

Warum soll ich nicht fallen? Falle ich nicht schon?

Aber ich bin noch nicht aufgeschlagen. Jedenfalls habe ich es nicht gespürt.

Empfinde ich etwas?

Vielleicht Trauer, Angst, Leere, Furcht?

Nein! Nur Schmerz.

Ja, es schmerzt.

Es ist nicht der Körper, der weh tut, es ist die Seele.

Sie schreit vor Schmerz und die Flut der Tränen kühlt das heiße Brennen nicht.

Viel Schmerz, Tränen und Stunden in denen ich unglücklich war, gab es schon immer, und ich weiß, dass es auch ihn unglücklich machte, aber die Liebe war stärker.

Es waren keine fremden Leute bei der Beerdigung. Ich wollte es nicht. Nur meine Mutter, meine Kinder, eine Nachbarin, sein engster Freund nahmen an der Trauerfeier teil.

Ich bin allein im Haus. Die Trauergäste sind fort. Das Haus ist mir fremd und unheimlich.

Ich versuche zu schlafen.

Stundenlang liege ich wach. Die Zimmerdecke erdrückt mich. Die Bettdecke liegt wie ein brennendes Schwert auf mir.

Ich muss raus aus dem Bett. Hastig ziehe ich mich an, setze mich ins Auto und fahre in die Stadt. Ich brauche einen Menschen zum Reden, der mich hält, evtl. mit mir leidet, etwas Lebendiges.

Es ist mitten in der Nacht. Die Straßen sind leer. Die Fenster der Häuser dunkel.

Ich fahre zu meiner Tochter. Das Hoftor ist geschlossen. Alle Fenster sind dunkel. Sie ist wohl nicht zu Hause. Es treibt mich weiter zu meinem Sohn. Ich rufe leise unter seinem Fenster. Er hört mich nicht. Junge Leute haben einen festen Schlaf.

Ich setze mich ins Auto und fahre nach Hause, in das große, leere, fremde Haus. Ich fahre unsicher, denn die Augen sind voll Tränen.

Wohin mit meinem Schmerz, meiner Trauer, meiner Sehnsucht nach Ruhe?

Ich denke an die Beerdigung. Viel weiß ich nicht mehr. Wie im Nebel verschwimmt alles vor meinen Augen.

Da lag ein Kranz auf dem Grab "... von Irma Heine."

Wer ist Irma Heine? Ich kenne keine und mein Mann?

Ich weiß es nicht. Es ist auch egal.

Ich muss den Alltag bewältigen. Das Geschäft braucht mich. Wie kann ich nur meine Gedanken ordnen, mich konzentrieren?

Ich möchte nicht.

Ich will nicht!

Ich kann nicht.

Ich will mich nur kopfüber in die Schlucht aus Schmerz stürzen, die keinen Boden hat. Tiefer, tiefer, tiefer!

Der Fallwind rast an meinen Ohren vorbei und macht mich fast wahnsinnig. Vielleicht nimmt er mir das Bewusstsein und in mir wird endlich Frieden sein.

Innere Ruhe? Werde ich sie jemals wieder finden?
Im Augenblick erscheint es mir unmöglich.

Wie war das mit dem Kranz? Was stand auf der Schleife?
„In Liebe – deine Irma.“
Ich begreife es nicht. Ich habe nur den fremden Namen gelesen.
Es war auch nicht so wichtig.
Aber wer ist Irma Heine?

Wo habe ich die Rechnung hingelegt?
Morgen ist Sonntag, glaube ich.
Es ist auch gleichgültig, was es für ein Tag ist.
Jeder ist schrecklich, unerträglich.
Wie lange kann ich es noch aushalten?

Ich bin so allein. Alles ist leer. Ich bin auch gestorben....
Ich lebe aber, ich bewege mich, mehr allerdings nicht.
Meine Seele ist tot.
Mein Herz fühlt nur noch Kälte.

Fünf Jahre sind vergangen.
Ich versuche mich zu erinnern.
Liebe kann den Menschen auch zerstören. Ich habe ihn zu sehr
geliebt und ich tue es immer noch. Warum kann ich nicht
loslassen?
Weil die Liebe nicht vergeht, trotz alledem.

Es drängt sich mir immer mehr die Frage auf – je mehr Jahre
vergehen – wer ist Irma Heine?

Wie kam der Kranz auf sein Grab.
Warum kam er da hin?
Nie vorher habe ich von ihr gehört, noch bemerkt, dass es sie gab.
Ich werde es nie erfahren.

Vielleicht will ich es auch nicht.
Aber es könnte mir helfen, an seiner Liebe zu mir zu zweifeln und damit auch an meiner zu ihm.
Würde es wirklich an meinen Gefühlen etwas ändern?
Nein.
Ich glaube, das kann nur die Zeit.
Aber wie lang ist diese Zeit?

Der Weihnachtsbraten

„Grüß dich Alfred! Wie gehts?"

„Na ja, ganz gut. Was soll ich klagen. Du weißt ja, immer viel Arbeit."

„Ja, ja. Das kenne ich. Aber was ich dich fragen wollte, klappt es dieses Jahr wieder mit einer Flugente für Weihnachten?"

Alfred Stoppel wohnt etwas außerhalb der Stadt und hat auf seinem Grundstück die Möglichkeit, Kleinvieh zu halten, auch Flugenten. So bekommen wir Weihnachten immer einen schönen Braten.

Also, Alfred sagte auch dieses Mal eine Ente zu.

Vorsichtigerweise fragte ich vierzehn Tage vor Weihnachten noch mal nach.

Alfred war nicht da; nur seine Frau und die jammerte:

„Sie müssen die Ente gleich mitnehmen. Wir haben Ratten, die fressen sie auf."

Und schon hatte sie mir ein Beil in die Hand gedrückt. Ich sah mich unsicher um, ob da keiner war, der mir helfen würde, denn als Stadtmensch schlachtet man nicht jeden Tag ein Tier. Aber ich musste es selbst machen, Alfreds Frau wollte auch nicht ran. Die Ente war ein ganz schöner Brummer von fast sechs Pfund. Sie sah roh schon lecker aus.

Zu Hause sagte meine Frau:

„Bringe sie zu Schulzes, die haben in ihrer Tiefkühltruhe sicher noch Platz."

So wanderte unsere Ente bis Weihnachten in Schulzes Truhe.

Einen Tag vor Weihnachten ging ich zu Frau Schulze, um unsere Flugente zu holen. Frau Schulze ging mit mir in die Kammer und wir machten uns gemeinsam daran, in der riesigen Tiefkühltruhe, die vor Weihnachten mit allem möglichen bestückt war, die Ente zu suchen. Aber auch nachdem wir den gesamten Inhalt einmal von rechts nach links und dann gänzlich ausgeräumt hatten, wobei wir kalte Finger bekamen, von all dem Eiszeug, konnten wir das Prachtexemplar nicht finden. Frau Schulze raufte sich die Haare und ich sah sicher etwas verhungert drein, in Anbetracht des schwindenden Festtagsessens. Da kam Frau Schulze die Erleuchtung.

„Wissen sie," sagte sie zu mir „ich habe für eine Kollegin eine kleine Gans in der Truhe gehabt, die habe ich ihr gestern mitgenommen. Jetzt sehe ich aber, die Gans ist noch da. Ich werde sie wohl vertauscht haben in der Eile."

Was war zu tun? Wir nahmen die Gans und fuhren zu der Kollegin von Frau Schulze. Wie wir dort in die Küche kamen, rochen wir den Braten schon. Unsere Ente brutzelte in der Ofenröhre.

Natürlich war ich nicht gewillt auf meine Flugente zu verzichten. Eine Gans kann man kaufen, aber wann bekommt man schon eine Flugente aus Freilandaufzucht.

Frau Schulze drückte ihrer erstaunten Kollegin die Gans in die Hand und nahm der Verdutzten den schmurgelnden Braten samt Pfanne aus dem Ofen.

Dann fuhren wir zu uns.

Meine Frau stand in der Küche bei Weihnachtsvorbereitungen.

„Unsere Flugente ist weg," sagte ich. „Dafür bringe ich hier einen fertigen Weihnachtsbraten."

Schade das sie das Gesicht meiner Frau nicht sehen können. Es war unbeschreiblich.

Trotzdem hat uns am ersten Weihnachtsfeiertag der Braten geschmeckt.

Frau Schulze hatte wohl Soff mit ihrer Kollegin, denn die musste erneut an das Braten gehen. Da half auch keine Entschuldigung.

Aber so ist das manchmal mit der Nachbarschaftshilfe, man hat nichts als Ärger für seine Gutmütigkeit.

Die Heimkehr

Es ist nach dem Krieg. Die Menschen leiden unter Hunger und Kälte. Es gibt nichts zu essen, keinen Strom, keine warme Stube. Was man zum Anziehen braucht, wird getauscht.
Am schlimmsten sind die Sorgen um die Väter und Söhne, die noch nicht aus dem Krieg heimgekehrt sind. Nachrichten kommen auch nicht durch.
Der eiskalte Winter 1945/46 macht den Menschen zu schaffen. Die Straßen sind völlig vereist; und wenn sich nicht jemand erbarmt, eine Abflussrinne freizuschlagen, staut sich das Wasser auf den Gehwegen. Viele müssen mit Holzpantinen oder Igelithschuhen auskommen und holen sich Erfrierungen.

Wir, Mutti und ich, sitzen bei Tante Ella in der Küche auf dem Sofa. Die Küche ist Wohnmittelpunkt, weil es dort warm ist. Gekocht wird auf einem Herd über offener Flamme. Es ist später Herbst und draußen schon empfindlich kalt.
„Habt ihr schon gehört, die Russen haben den Schulze abgeholt. Den hat sicher einer verpfiffen. Der konnte doch keiner Fliege etwas zu leide tun.“
„Er war doch gar nicht in der Partei.“
„Nein, aber wen kümmert die Wahrheit.“
Tante Ella kocht eine Suppe aus grob gemahlenen Gerstenkörnern, oder Roggen. Zutaten sind Salz und Wasser. Aber es macht satt.
„Heute habe ich beim Bäcker kein Brot mehr bekommen. Es war alle.“
„Ich habe noch ein paar Scheiben,“ sagt meine Mutter. „Du kannst etwas abbekommen.“
„Und ihr?“ fragend sieht Tante Ella sie an.
„Es wird schon reichen.“
Da klingelt es an der Tür. Onkel Otto geht öffnen. Es vergeht eine Zeit, aber er kommt nicht wieder.

Nach einer Weile sagt Tante Ella:

„Was ist denn da los; ich werde mal nachsehen." Und sie geht hinaus. Auch sie kommt nicht wieder.

Nun wird meine Mutter auch neugierig, sie steht vom Sofa auf und will zur Tür gehen, da öffnet sich die Küchentür und mein Vater steht plötzlich da.

Wir beide stehen wie versteinert, dann laufen wir auf ihn zu und fallen ihm um den Hals. Beinahe wäre er umgefallen.

Ich bin zwar gerade erst sechs Jahre alt, habe aber meinen Vati sofort erkannt, weil meine Mutter seine Erinnerung ständig wachgehalten hat. Wir haben über ihn gesprochen, sie hat mir Bilder gezeigt, wir haben für ihn gebetet. Er hatte auch einen Stern am Himmel, der ihn beschützt hat, zu dem haben wir immer aufgeschaut und gewusst, er lebt.

Meine Mutter weint vor Freude und auch Onkel und Tante stehen Tränen in den Augen.

Mein Vater sieht aus wie ein Landstreicher, total verdreckt, abgemagert bis auf die Knochen, die Kleidung zerrissen, zwei verschiedene Schuhe.

Aber wie unwichtig ist dies alles. Er lebt und ist wieder bei uns.

Wir haben ihn wieder.

Die Krähe „Jussef"

Der Fischer Hansen auf Rügen fand eines Tages ein verlassenes Krähenjunges unter einem Baum und nahm es mit nach Hause; zog es groß.

Die Krähe „Jussef", wie er sie nannte, hatte es gut bei ihm, denn sie bekam alles, was der Fischer auch hatte. Und da er gerne einen trank, bekam sie davon ab, erst Bier, dann schon mal einen Köhm. Später nahm er sie mit in seine Stammkneipe und der Wirt kredenzte ihr in einem speziell für sie bereitstehendem Glas einen Drink. Die Gäste hatten auch ihren Spaß daran, was wiederum dem Wirt zugute kam. Es sah zu putzig aus, wenn Herrchen und Krähchen zusammen einen tranken.

Spät abends gingen die beiden schwankend nach Hause, d.h. der Fischer schwankte und mit ihm, nämlich auf seiner Schulter, schwankte Jussef.

Und wie das so ist bei Leuten, die gerne einen trinken, sie möchten immer mehr. So war es auch bei Jussef.

Hatte Herrchen mal keine Zeit, war mit seinem Fischerkahn zum angeln rausgefahren, langweilte Jussef sich. So kam sie eines Tages auf die Idee, allein in die Kneipe zu gehen. Da sie den Weg kannte, flog sie schnurstracks dorthin. Den Eingang nahm sie durch das Küchenfenster, welches wegen der Belüftung offenstand. Zuerst waren die Wirtsleute erschrocken über den großen Vogel, der da zu ihnen in die Küche geflogen kam. Dann erkannten sie Jussef, begrüßten sie und natürlich bekam sie ein Gläschen Köhm.

Sie kam jetzt öfter

Jussef flog in der Gaststube umher, setzte sich auf den Tresen und nippte an den Resten in den Gläsern. Die Gäste amüsierten sich köstlich, denn es dauerte nicht lange, da fing Jussef an zu schwanken. Sie setzte sich auf eine Stuhllehne und schlief ein.

Dabei passierte es auch, dass sie herunterfiel.

Der Kneiper setzte sie dann vor die Tür.

Doch irgendwie schaffte Jussef es nach Hause, meistens jedoch holte Herrchen sie ab, denn der hatte nach getaner Arbeit auch großen Durst.

Manchmal kam es auch vor, dass Jussef es bis auf die Hochspannungsleitung schaffte. Dort schwankte sie in luftiger Höhe wie ein Wimpel im Wind.

Mit der Zeit wurde Jussef immer dreister. Sie flog auf die Tische, erschreckte die Gäste, oder was noch schlimmer war, sie versuchte, erst von ihren Tellern, später aus ihren Gläsern zu kosten. Gegenstände, die auf den Tischen lagen, trug sie fort und versteckte sie.

Zuerst war es noch Spaß, aber bald wurden die Gäste ärgerlich, besonders wenn Jussef die Geldbörse wegschleppte.

Sie beschwerten sich beim Wirt nicht nur über die Späße von Jussef, sondern auch über die Häufchen, die sie hin und wieder verteilte.

Das ging nun dem Wirt gegen sein Geschäft und er mochte Jussef nicht mehr in seiner Schänke sehen.

Aber wie das so ist, mit solchen Geschichten, sie enden schlimm.

Den Jussef hat der Marder geholt.

Die Kultfigur

Ich sitze in der kleinen Begräbnis-Kapelle, auf einem harten Stuhl, zwischen der Familie von Eberhard und weiß nicht, wie ich hierher gekommen bin.

Neben mit sitzt Eberhards Mutter, eine kleine, feine, jetzt von Gram gezeichnete, alte Frau.

Vor einigen Jahre verstarb unerwartet der geliebte Mann, Professor für Botanik, in leitender Stellung, ein gern gesehenes Mitglied der Gesellschaft. Seine hübsche Frau stand immer im Mittelpunkt, obwohl sie sonst neben ihm ein eher bescheidenes Dasein, ein ihm gegenüber achtungsvolles, führte.

Dann verlor sie den zweiten Sohn. Er war bei einer Expedition am Nanga Parbat abgestürzt. Er ist nie gefunden worden.

Die Tochter ist fast ein Problemfall, unverheiratet, ein uneheliches Kind, ihr Gott. Sie wohnt noch im Elternhaus, ist sehr exzentrisch und schwierig im Umgang.

Und nun der ach so geliebte erstgeborene Sohn.

Vor ihrem inneren Auge stand sein Bild. Für sie war er untadelig.

Zwar war er kein schöner Mann, aber liebenswert, durch seine offene, zielstrebige Art mit anderen umzugehen.

Er hatte eine stattliche Figur, wie sein Vater, neigte jedoch zur Rundlichkeit. Er trug eine Hornbrille, seine Haare wurden schon etwas spärlich.

Unwichtige Äußerlichkeiten für einen Mann, denn er war intelligent, hilfsbereit und fleißig. Autofahren war nicht unbedingt sein Hobby, denn er erledigte dabei viele andere Dinge, z.B. im Handschuhfach kramen oder sich die Fingernägel säubern.

Im hohen Alter von fast achtzig Jahren, schon kränklich, der Rücken von vielen Sorgen leicht gebeugt, muss sie diesen schweren Verlust beklagen. Eine Bürde, die für die kleine, zarte Dame unermesslich groß erscheint.

Es wird sie zerbrechen.

Trotzdem. Die Frau ist bewundernswert. Sie ist herzensgut, freundlich zu jedermann und offen für die Sorgen anderer. Immer bereit zuzuhören, wenn möglich zu helfen, zu trösten.
Trost geben, den sie jetzt selbst bitter nötig hätte. Doch wer kann ihn geben?
Ihre Tochter ist zu oberflächlich, zu unruhig.
Ich?
Ich kann es nicht.
Ich kann nicht denken, nicht fühlen, nicht weinen.
Nicht nur deshalb hat die Familie sich um die Beerdigung von Eberhard gekümmert.
Ich bin nur seine Lebensgefährtin; ich war es und das auch noch nicht so lange.
Außerdem bekommt Eberhard ein Begräbnis in der Familiengruft.
Da habe ich kein Mitspracherecht und ich konnte auch nicht.
Das war aber nicht bös gemeint; sondern ganz normal.

Nun betrat der Redner leise die Kapelle durch eine kleine Seitenpforte. Er verneigte sich vor Eberhard seinem Sarg und trat an das Podium.
Der Sarg war schlicht, aber viele weiße Nelken schmückten ihn.

Ein Lichtstrahl fiel durch das Oberfenster auf die Bibel, die aufgeschlagen auf dem Sarg lag. Er konnte aber das Halbdunkel des Raumes nicht durchdringen.
Der Redner legte die Hand auf den Mund, als wolle er sich räuspern, überlegte es sich aber anders und schlug sein Buch auf.
Nun würde er damit beginnen Eberhards Leben an uns vorbeiziehen zu lassen.
Ich beschloss, abzuschalten, einfach nicht zuhören, sonst würde ich unentwegt heulen und nachher starke Kopfschmerzen haben.

Ich schloss also die Augen und schon gingen meine Gedanken ihre eigenen Wege.

Da war wieder dieser Anruf von der Polizei.

„Sind sie Frau...?"

„Ja."

„Ist ein Herr Eberhard ...bei ihnen?"

„Nein. Er ist heute Vormittag weggefahren."

Es folgte eine Pause. Die Stimme am anderen Ende der Leitung klang schwerfällig: "Frau..., es tut mit leid. Ich habe eine schlimme Nachricht für sie. Herr Eberhard... hatte einen Autounfall. Er ist tot."

Tot? Tot! Tot?

Was ist das für ein Wort? Was bedeutet es? Ich kann es nicht erfassen.

„Sind sie noch da?" fragte die Telefonstimme.

„Ja..."

„Sind sie seine Frau?"

„Nein, seine Lebensgefährtin."

„Ach! Nun wir haben ihre Telefonnummer und Bild bei ihm gefunden. Hat er Familie?"

„Ja. Seine Mutter und eine Schwester."

„Könnten sie mir die Anschrift geben. Ich muss seine Angehörigen benachrichtigen."

„Ja, natürlich."

„Ich würde sie gern morgen abholen. Sie müssten ihn identifizieren. Ist das möglich? Vielleicht um zehn Uhr? Dann könnte ich seiner Mutter das ersparen?"

„Ja..."

„Frau ..., haben sie mich verstanden?"

„Ja, ja.... kommen sie."

Eberhard hatte angeblich die Vorfahrt nicht beachtet. Die Beifahrerseite seines Autos war zertrümmert und er durch den Aufprall des Fahrzeuges, mit dem er kollidierte, wohl mit dem

Kopf gegen das Fenster geschlagen und hatte sich das Genick gebrochen. Es wurde mir so gesagt.
Eberhard wollte einen Freund besuchen, der Geburtstag hatte.
„Kommst du mit?" hatte er mich gefragt.
„Ich würde gerne, aber ich muss arbeiten. Ich kann den Imbiss nicht schließen. Du weißt, er läuft ohnehin nicht gut," sagte ich.
„Außerdem kenne ich deinen Freund nicht. Grüß ihn trotzdem herzlich von mir."
So fuhr Eberhard allein.
Leider kam er nie an.
Ich konnte ihn auch nicht fragen, warum der Unfall auf einer Landstraße geschah, wo er doch am liebsten Autobahn fuhr und dies auch möglich gewesen wäre. Sein Freund wohnt unmittelbar an der Autobahn.

Der Sonnenstrahl hatte sich wieder zurückgezogen und suchte sich vielleicht auf dem Friedhof einen verlassenen Grabstein, um ihn ein bisschen aus seiner Vergessenheit hervor zu holen.

Der Redner war gerade beim Studium von Eberhard angekommen und wie eifrig er war.
Die Menschen neben mir saßen wie erstarrt.
Ich schloss wieder die Augen.
Der Sonnenstrahl kam mit.
Eberhard war mit mir in die Stadt gefahren.
Wir tauchten ein in den Trubel der Großstadt; ließen uns treiben, waren ohne Ziel, aber vergnügt.
Einfach nur entspannen, bummeln und es war herrliches Wetter.

Nach dem wir auch ein wenig eingekauft hatten, aber viel mehr geschaut, fanden wir ein Garten-Cafe, sehr versteckt, mitten in der Stadt eine grüne Oase und die Sonne schien auf uns.
Als sich der Tag neigte, spazierten wir gemächlich zur Bushaltestelle.

An die Haltestelle grenzte ein Neubaublock, davor ist eine Gartenanlage mit Spielplatz, Buddelkasten und Eingang Tiefgarage.

Nahe zu uns steht ein kleines Mädchen und versucht unter einem Strauch ein Loch in die Erde zu graben. Neben ihr liegt eine Holzfigur.

Eberhard fragt das Kind: „Was willst du machen?" Sie ist aufgeregt und sagt: „Meine Mutter hat gesagt, ich soll die Puppe vergraben, sie ist böse. Sie tut mir sonst etwas." Wir sehen uns ungläubig an. Eberhard nimmt die Figur in die Hand und betrachtet sie eingehend.

Es ist eine Kultfigur aus dunklem Holz, ähnlich derer aus dem Fernen Osten.

Sie hat einen großen Kopf und einen gedrungenen Körper. Man kann nicht erkennen, ob es sich um eine weibliche oder männliche Darstellung handelt. Aber sie hat Augen, die einen magisch ansehen.

„Aber was soll dir die Puppe denn tun?" „Doch, gib sie mir, ich muss sie vergraben, damit sie nicht noch mehr böses tut," sagt wieder das Kind ängstlich.

„Weist du was. Ich gebe dir zehn Mark dafür, dann bist du sie los und sie kann dir nichts mehr tun." Erst zögert das Mädchen, dann ist es einverstanden und Eberhard holt zehn Mark aus seiner Geldbörse.

„Was willst du mit dieser hässlichen Figur?" frage ich ihn; bemüht ihn von dem Erwerb abzuhalten.

„Wieso hässlich? Ich finde sie nicht hässlich. Vielleicht ist sie wertvoll."

„Glaube ich nicht. Sie sieht primitiv aus."
„Ach, du willst mir bloß den Spaß verderben."
Ein wenig triumphierend steigt er mit der Figur in den Bus.

Grundsätzlich bin ich nicht abergläubisch, trotzdem hatte ich ein ungutes Gefühl, was sich auf dem Nachhauseweg noch steigerte.

„Bring die Figur nicht in mein Haus," sagte ich zu Eberhard.

„Wieso das?"

„Frag mich nicht. Ich glaube, sie bringt Unglück."

„So ein Quatsch. Du weist, dass es so etwas nicht gibt."

„Ja, weiß ich. Aber diesmal ist es anders. Glaube mir. Ich möchte sie einfach nicht in meiner Nähe haben. Du kannst sie mit in dein Büro nehmen."

„Na, gut, einverstanden."

So blieb die Figur draußen.

Plötzlich verfinsterte sich die Sonne.

In der Kapelle wurde es noch dunkler, als es ohnehin schon war.

Ob es wohl regnet?

Nein. Durch das oberste Fenster konnte ich draußen die Sonne scheinen sehen. Sie malte gelbe Kringel auf die Blätter der Linde, die vor dem Fenster stand.

Der Redner kam jetzt zu dem traurigen Teil seiner Ausführungen, dem Unfall, der den geliebten Sohn so je aus dem Leben gerissen hatte.

Die Mutter schluchzte. Ihre Schultern zitterten. Trotzdem stand sie auf, jemand stützte sie und ging zu dem Sarg, legte leise die Hand darauf. Es schüttelte sie

Was mochte sie jetzt denken?

Ich dachte gar nichts.

Der Redner trat zu ihr. Ich glaube, sie betete.

Schön, wenn sie das konnte.

Man führte sie wieder auf ihren Platz.

Der Redner war noch nicht fertig.

Gelegenheit für mich, wieder tief in eine geistige Umnachtung zu versinken.

Aber diese Tiefe war dunkel, noch dunkler als die Kirche in der
wir saßen.
Was war geschehen?
Es braute sich etwas zusammen.
Ich begann zu zittert, konnte mich aber aus dieser Umklammerung
nicht lösen. Warum war ich nicht in der Kapelle geblieben.
Zu spät.

Wieder standen wir an der Bushaltestelle.

Die Figur! Natürlich! Die Figur!
Es durchfuhr mich wie ein Blitz.
Ja. Sie war schuld.
Ich wusste doch gleich, dass sie Unheil bringt. Auf meine Gefühle
kann ich mich immer verlassen.
Eberhard, rief ich – lass die Figur. Aber er hörte mich nicht.

Einmal hatte er mir erzählt, dass er ganz überrascht war, als er
nachts in sein Büro kam und irgend etwas leuchtete ihm entgegen.
Erst nach einiger Zeit erkannte er, dass es die Augen der Figur
waren. Sie wollte ihn begrüßen. Fast fand er es ein bisschen
unheimlich, dann hat er es im Alltagstrubel wieder vergessen.
Wirf sie weg, verbrenne sie. Nein nicht verbrennen, der Dämon in
ihr könnte überspringen, schenke sie einem Widersacher. Riet ich
ihm.

„Ich bringe es nicht fertig. Ich hänge an ihr, sie verzaubert mich.
Ich glaube es ist doch eine Frau und sie wird jeden Tag
schöner...." Seine Stimme wurde immer leiser.
„Eberhard," sagte ich, „Eberhard, wo bist du?"

Jemand legte mir die Hand auf den Arm.

„Kommen sie. Wir gehen jetzt raus."

Verwirrt stand ich auf. Aber ich wusste nicht wohin, man musste
mich führen.
Irgend jemand drückte mir etwas in die Hand.
„Geben sie es zu Eberhard in die Grube, er wird sich freuen; er
wartet darauf.“

Es war die Figur.

Die vertauschte Reisetasche.

Gerda und Ludwig sehnten sich nach einem Kind. Aber nach acht Jahren Ehe hatte es immer noch nicht geklappt.

„Machen Sie doch mal Urlaub," riet ihnen der Arzt.

Sie buchten sich einen Ferienplatz auf Mallorca.

„In vierzehn Tagen geht es los. Ich freue mich," sagte Gerda Müller und küsste ihren Mann auf die Wange.

„Ja, ich freue mich auch. Wir wollen es uns richtig schön machen."

Als der Abreisetag herankam waren beide ziemlich aufgeregt.

„Hast du die Reiseunterlagen?"

„Ja, hab ich. Haben wir auch nichts vergessen einzupacken?"

„Wann kommt endlich die Taxe?"

„Wir haben noch viel Zeit bis zum Abflug. Sind sowieso viel zu zeitig am Flughafen."

„Lieber zu früh, als zu spät." Der Taxifahrer war ihnen beim Gepäck ausladen behilflich.

„Gute Reise," wünschte er ihnen. „Danke." Sie betraten die Flughalle. Sehr viel Zeit war noch bis zum Abflug. Sie schlenderten durch die Gänge; besahen die Auslagen und landeten wieder vor ihrem Abflugschalter.

„Hier sind deine Reiseunterlagen. Es ist sicher besser, jeder hat die Unterlagen in der Hand. Wer weiß."

„Ich hole mir noch Zigaretten."

„Ist gut. Ich bleibe hier stehen." Ludwig Müller ging und suchte einen Shop, wo er Zigaretten bekommen würde. Die Gänge waren lang. Es gab alles mögliche zu kaufen. Endlich hatte er das Gesuchte gefunden. Es war ein Selbstbedienungsladen, deshalb stellte er seine Reisetasche am Eingang, gleich neben der Kasse ab. Nachdem er die gesuchte Zigarettensorte gefunden hatte, kaufte er noch was zum Knabbern für Gerda, zahlte, nahm seine Tasche und verließ das Geschäft. Die Flughafengänge sind unmöglich, alles sieht gleich aus. Aus welcher Richtung war er nun gekommen?. Er wusste es nicht mehr.

„Schau ich mal auf die Flugunterlagen, dort steht der Abfertigungsschalter. Richtig. Nummer 17, also links muss ich gehen." Es war auch Zeit zum einchecken.

„Wo ist nur Gerda? Sicher will sie auch etwas kaufen, vielleicht eine Zeitung."

„Kann ich bitte ihre Unterlagen haben?" Die freundliche Dame am Abfertigungsschalter, sie war übrigens auch sehr hübsch, streckte ihre Hand aus. Etwas unsicher reichte ihr Ludwig seine Reiseunterlagen.

„Ach, sie haben ja schon eingecheckt." Ludwig hörte gar nicht, was die Dame zu ihm sagte, er war so sehr mit sich beschäftigt. Sie reichte ihm die Unterlagen zurück.

„Guten Flug."

"Danke. Ich warte auf meine Frau. Sie ist plötzlich nicht da."

„Da machen sie sich mal keine Gedanken. Bei uns geht niemand verloren. Vielleicht hat ihre Frau schon eingecheckt."

„Das glaube ich nicht. Sie wollte auf mich warten."

„Sie haben noch etwas Zeit. Warten sie auf ihre Frau, aber in fünfzehn Minuten gehen sie besser in den Transitraum und suchen sie dort."

„Danke," konnte Ludwig nur stammeln; es warteten noch mehr Leute auf ihre Abfertigung. Er musste Platz machen.

Ähnliches spielte sich am Schalter sieben, Flug 0734, nach Mallorca ab. Frau Gerda wartete unruhig auf die Rückkehr ihres Mannes und als er nicht kam, ging sie ihm ein Stück entgegen. Dann wurde es Zeit fürs Einchecken und sie suchte ihn im Transitraum, natürlich vergebens. Er wartet bestimmt draußen.

„Ich muss noch mal raus," sagte sie zu dem Zollbeamten.

„Das geht leider nicht."

„Aber mein Mann...?" Es hatte keinen Zweck.

Jetzt rief die Stewardess zum Einsteigen in das Flugzeug.

Gerda wartete bis zum Schluss.

„Mein Mann ist noch nicht da."

„Ach, liebe Frau – wie ist der Name – Frau Müller, bestimmt sitzt er schon im Flugzeug. Gehen sie nur rein, wir finden ihn schon." Was sollte Gerda Müller tun? Das Flugzeug konnte sie nicht verpassen. Vielleicht saß Ludwig wirklich schon drin und sie hatten sich nur verfehlt. Sehr beunruhigt stieg sie ein, bat die Stewardessen nochmals, ihren Mann im Flugzeug zu suchen, was man ihr auch versprach.

Jetzt kam das Übliche:

„Liebe Fluggäste, in wenigen Minuten werden wir die Rollbahn verlassen und in Richtung Mallorca starten. Bitte schnallen sie sich an und stellen sie das Rauchen ein."

Neben Gerda saß ein junger Mann. Bisher hatten sie sich keine Beachtung geschenkt, weil jeder mit sich zu tun hatte. Anschnallen, das Gepäck verstauen, sich umsehen, es sich gemütlich machen. Als jetzt die Stewardess zu Gerda kam und ihr sagte, dass ihr Mann wahrscheinlich nicht an Bord sei, wollte Gerda wieder aussteigen.

„Es geht nicht," sagte die Stewardess, „wir rollen bereits." Gerda hatte sich erhoben, jetzt viel sie auf ihren Sitz zurück und fing an zu weinen.

„Bitte," sagte die Stewardess zu Gerdas Nachbarn, „könnten sie sich ein bisschen um die Dame kümmern, ich muss noch ein Baby versorgen."

Der nickte und wie Gerda so schluchzend neben ihm saß, legte er beschwichtigend die Hand auf ihren Arm.

„Na, so schlimm wird es doch nicht sein," sagte er unsicher. Gerda sah ihn ungläubig an.

„Nicht schlimm..." stieß sie hervor, „sie haben gut reden. Wir wollten gemeinsam nach Mallorca fliegen, einen schönen Urlaub machen und nun sitze ich allein im Flugzeug. Mein Mann ist verschwunden."

Sie fing wieder an zu weinen.

Auch der Mann neben ihr schaute jetzt entsetzt:

„Mallorca sagen sie. Stewardess!" schrie er plötzlich, „ich muss aussteigen. Ich sitze im falschen Flieger. Ich will ja nach Teneriffa." Die Stewardess, meist an Kummer mit den Fluggästen gewöhnt, versuchte zu beschwichtigen.

„Aber mein Herr, wir sind ja bereits in der Luft."

„Um so schlimmer."

„Ich bringe ihnen beiden erst mal einen Cognac. Der beruhigt. Dann besprechen sie beide die Angelegenheit in aller Ruhe. Einverstanden?"

Sie konnten beide nur nicken.

„Ich heiße Günther Lange," stellte der junge Mann sich bei Gerda vor.

„Gerda Müller, aus Berlin." Sie reichten sich die Hand.

Verbündete in der Not. Man stieß mit dem Cognac an und in der Tat, es machte ein bisschen Mut; sie versuchten die Gedanken zu ordnen und besprachen, wie es weiter gehen sollte.

„Ich habe die Urlaubsunterlagen," sagte Gerda und es klang jetzt ganz nüchtern.

Darauf er: "Wir gehen erst mal in ihr Hotel. Dort können wir telefonieren. Es wird sich schon eine Lösung finden."

„Ja, bestimmt." Sie waren beide erleichtert, wenn auch nicht ganz glücklich.

Der Flug war angenehm. Die Stewardessen bemühten sich rührend um die beiden Unglücksraben.

Am Flughafen in Mallorca angekommen, rief man schon nach der Familie Müller für das Hotel „Playa". Ein Mitarbeiter des Reisedienstes begleitete sie zu einem Taxi. Man fuhr sie ins Hotel. An der Hotelrezeption legten sie ihr Problem dar.

„Wir brauchen zwei Einbettzimmer, statt des gebuchten Zweibettzimmers."

Es dauerte eine Weile, bis der Herr an der Rezeption verstand, warum zwei junge Menschen unbedingt getrennte Zimmer haben wollten.

„Es tut mir leid," sagte er dann, „ich habe keine Einbettzimmer. Wir sind restlos ausgebucht. Bitte, die Zimmer sind groß, die Betten stehen auseinander. Versuchen sie es für eine Nacht; vielleicht habe ich morgen eine Lösung ihres Problems."

Er schüttelte wieder mit dem Kopf.

Die beiden sahen sich an, zuckten mit den Schultern und fügten sich in das scheinbar Unabänderliche. Sie gingen auf das Zimmer. Es war in der Tat sehr schön groß, hatte einen herrlichen Blick auf das Meer.

„Ich kann ja vielleicht am Strand oder auf einer Bank übernachten."

„Kommt nicht in Frage. Sie sind ja nicht schuld an der ganzen Misere. Mit ein bisschen gegenseitiger Rücksichtnahme wird es schon gehen."

„Gut. Aber jetzt gehen wir erst einmal etwas trinken, unseren Kummer ertränken und dann werden wir telefonieren."

„Ja, das ist eine gute Idee."

Sie gingen hinunter in die Hotelbar. Die war sehr schön, man konnte auch draußen sitzen und auf den Swimmingpool schauen. Bei dem schönen Wetter waren viele Badelustige da.

„Zwei Sangria bitte! Sie trinken doch Sangria?" Günther sah fragend zu Gerda. Die war mit ihren Gedanken bei ihrem Mann und was er jetzt wohl tat. Ob es ihm überhaupt gut ging. Die Frage von Günther holte sie in die Wirklichkeit zurück.

„Ja, ja, natürlich, danke," beeilte sie sich zu antworten.

Günther war ein einfühlsamer Mensch. Er bemerkte natürlich, dass Gerda sich Sorgen machte. Er glaubte, mit Ablenkung das Problem zu lösen und wie es schien, gelang es ihm auch.

Die Sangria war wirklich gut und Gerda sprach ihr ordentlich zu. Nachdem das erste Glas schnell leer getrunken war, rief Gerda nach dem Kellner und bestellte: „Noch einmal dasselbe, bitte."

Als Günther sie daraufhin erstaunt ansah, beruhigte sie ihn:

„Das geht auf meine Rechnung.“
„Kommt nicht in Frage. Ich habe sie eingeladen.“
„Und ich habe ein Problem. Dafür können sie doch nichts.“
„Moment,“ sagte er, „ich saß im falschen Flugzeug. Ich habe genauso ein Problem wie sie.“
Womit sie wieder beim Thema waren. Verdammt. Das war wieder ein Teufelskreis, aus dem man nicht herauskam.
„Wir wollen uns nicht streiten,“ meinte einlenkend Gerda. „Gut, heute zahlen sie und morgen ich. Einverstanden?“
Er schmunzelte und nickte „Ja.“
Sie schien nicht zu bemerken, dass sie ein Zugeständnis an die Situation gemacht hatte. Sie schloss das Morgen schon ein.
„Es wäre ja auch dumm, wenn wir uns den Urlaub verderben ließen. Kostet ja schließlich Geld.“
Er war ein Praktiker.
Sie unterhielten sich noch eine Weile darüber, wo ihr Mann stecken könnte und wie es weitergehen sollte.
„Bevor ich nicht weiß, was mit Ludwig ist, Ludwig ist mein Mann,“ erklärte sie Günther; was der natürlich inzwischen längst wusste, „macht mir der Urlaub keinen Spaß. Ich muss wenigsten wissen, wo er ist und ob er gesund ist.“
„Sie haben völlig recht. An ihrer Stelle hätte ich auch keine Ruhe. Deshalb gehen wir jetzt telefonieren. Ich hab da so eine Idee.“
Er zahlte und sie gingen zur Rezeption.
„Hat sich mein Mann bei Ihnen gemeldet?“ fragte Gerda den Herrn an der Rezeption.
„Ja, einen Moment bitte. Mein Kollege hat einen Anruf entgegen genommen, da wurde nach einer Frau Müller aus Berlin gefragt. Sie heißen doch Müller?“
„Ja, ja; von wo hat er angerufen?“ Gerda war sehr aufgeregt.
"Ja, das ist das Problem.“
Der Herr an der Rezeption zögerte mit der Antwort. „Das hat mein Kollege nicht aufgeschrieben. Ich kann ihn aber morgen fragen, da hat er wieder Dienst.“

„Morgen, morgen!" Gerda war ärgerlich. „Ich habe große Sorge um meinen Mann, weil ich nicht weiß, ob er noch lebt, oder was mit ihm ist und sie reden von morgen. Wie soll ich heute nacht schlafen, mit dieser Ungewissheit."
Sie wollte wieder weinen.
„Nein, bitte nicht!" Günther legte besorgt den Arm um ihre Schulter.
„Ich habe doch eine gute Idee."
Er warf dem Angestellte einen vielsagende Blick zu. Dieser zuckte mit den Achseln.
„Kommen Sie." Günther geleitete Gerda zu einer Sitzgruppe im Foyer.
„Wir rufen in meinem Hotel in Teneriffa an. Vielleicht ist ihr Mann dort."
Ungläubig sah Gerda zu ihm auf, dann leuchtete es in ihren Augen. Der Ertrinkende greift eben nach jedem Strohhalm.
„Haben sie die Telefonnummer?" ging sie gleich zur Praxis über.
Er zog einen Zettel aus der Jackentasche.
„Hier ist sie!" Sie eilten beide zu einer Telefonzelle.
„Wissen sie die Vorwahl innerhalb von Spanien?"
„Nein. Ich frage den Portier."
Gerda sauste los. Vor Aufregung verlor sie ihren Schuh und musste wieder zurück. Endlich hatten sie alles beisammen. Günther wählte die Nummer.
Tut, tut, kam es höhnisch aus dem Hörer, dann meldete sich eine weibliche Stimme:
„Buenos Dias. Hotel „Panorama", por favor?"
„Guten Tag, hier spricht Günther Lange. Ich habe für die nächsten vierzehn Tage ein Zimmer bei ihnen gebucht. Bitte wundern sie sich nicht über die Frage, die ich jetzt stelle: ist dort ein Herr Müller eingezogen?"
Am anderen Ende der Telefonleitung – Pause – man hörte Stimmen, die im Hintergrund auf spanisch eifrig miteinander sprachen, dann kam die freundliche Damenstimme wieder:

„Mein Herr, das ist in der Tat eine riesige Frage. Es hat sich bei uns ein Herr Müller angemeldet, das stimmt." Günther unterbrach die Dame:

„Können sie mich mit ihm verbinden. Es ist sehr wichtig. Bitte!" fügte er mit viel Nachdruck hinzu. Gerda hatte die ganze Zeit ihren Kopf dicht neben den von Günther gedrängt, um mitzuhören. Jetzt nickte sie eifrig mit dem Kopf und zerrupfte vor Aufregung ihr Tempotaschentuch.

Wieder am anderen Ende – Pause.

„Ja, ich verbinde...," kam es dann aus der Leitung.

„Sie verbindet zu ihrem Mann," sagte Günther zu Gerda, die vor Freude hüpfte. Sie angelte sogleich nach dem Hörer und presste ihn an ihr Ohr. Es klingelte einige Male in der Leitung, dann knackte es und die Dame meldete sich:

"Es tut mir leid. Herr Müller ist nicht auf seinem Apartment."

„Bitte richten sie ihm aus, ich rufe um zwanzig Uhr noch einmal an. Er soll dann in der Halle auf meinen Anruf warten und bitte, es ist wirklich sehr wichtig."

Die Dame versprach es. Gerda hauchte noch „Danke" in den Hörer, dann wäre sie fast umgefallen, hätte Günther sie nicht gehalten. Es war zu viel Aufregung.

Jetzt bemerkten sie auch, dass sie Hunger hatten und lange nichts gegessen. Es kam wieder einmal alles zusammen. So gingen sie in das Hotelrestaurant zum Abendessen und es schmeckte ihnen prächtig.

Endlich war es Zeit, wieder nach Teneriffa zu telefonieren. Nach längeren Versuchen bekamen sie Anschluss.

"Hier spricht Gerda Müller. Bitte, kann ich meinen Mann, Herrn Ludwig Müller, sprechen, er müsste sich in ihrer Hotelhalle befinden. Ja! Er kommt? Danke. Er ist da," erläuterte sie Günther, der neben ihr stand und dann:

"Hallo, Ludwig, endlich! Wie geht es dir? Bist du gesund? Ist alles in Ordnung? Wie kommt es, dass du in Teneriffa bist?....."

„Gerda, Liebling, Gott sei dank. Ich habe mir solche Sorgen gemacht. Was ist bloß passiert? Ich weiß es nicht. Aber mir geht es gut. Nur du fehlst mir natürlich sehr. Ich hatte plötzlich eine falsche Reisetasche. Die gehört mir gar nicht. Warum musste das geschehen? Wir hatten uns doch so auf den Urlaub gefreut."
Bei diesen Worten liefen wieder die Tränen.
„Ludwig, sei nicht traurig. Wir holen den gemeinsamen Urlaub nach. Ja? Jetzt versuche das Beste daraus zu machen. Genieße die Tage ein bisschen. Ich werde es auch versuchen, damit nicht alles ganz umsonst war. Ich weiß, das fällt schwer, versuche es trotzdem. Wir telefonieren immer miteinander. Ich rufe dich morgen wieder an. Ja, willst du das?"
„Natürlich, um die gleiche Zeit?"
„In Ordnung. Also, mach`s gut, mein Liebling. Schlaf schön."
„Du auch, Küsschen!" Sie legte den Hörer auf.
Sehr glücklich sah sie nicht aus, wie auch.
„Wollen wir noch ein Stück an Strand spazieren gehen?" versuchte Günther sie abzulenken. „Das Wetter ist noch so schön. Man kann noch nicht ins Bett gehen."
Sie nickte mit dem Kopf.
Sie bummelten am Strand entlang. Der Abend war wunderschön, die Luft flimmerte über dem Meer und es war noch sehr warm. Spät kamen sie zurück.
„Wollen wir noch ein Glas Sangria trinken?"
Günther versuchte den Abend zu verlängern. Die Sorge, es möchte Gerda auf dem Zimmer wieder das heulende Elend überkommen, ließ ihn so handeln. Und Gerda war einverstanden.

Sie spürte die Spannung, die sich zwischen ihnen aufbaute und glaubte, dies durch Alkohol etwas zu betäuben.
So wurde es ein langer Abend mit viel Sangria. Als sie dann endlich auf dem Zimmer landeten, war ihnen beiden die Situation völlig egal, sie wollten nur noch schlafen.

Am anderen Morgen lachte die Sonne ins Zimmer und ermunterte aufzustehen. Gerda sprang aus dem Bett, räkelte sich und ging ins Bad. Sie duschte ausgiebig und fühlte sich heute viel besser. Na, ja, der Kopf schmerzte ein wenig von zu viel Sangria.

Günther war auch schon wach und freute sich über den Sonnenschein, trotzdem blieb er noch im Bett. Viele Gedanken gingen durch seinen Kopf. Gerda gefiel ihm sehr gut. Sie war hübsch, in seinem Alter, nicht ganz schlank, aber von guter Figur. Na, mal sehen???
„Günther, was sind das für Gedanken. Die Frau ist verheiratet und wie es scheint, sehr glücklich. Nun, wir werden nichts überstürzen; mal sehen, was sich ergibt. Und wenn nicht, er ist Kavalier.“
Sie saßen gemeinsam auf der Terrasse beim Frühstück. Die Sonne lachte, dass es eine Freude war.
„Anschließend gehen wir baden.“ Gerda war schon ganz ungeduldig.
„Ja, unbedingt,“ pflichtete ihr Günther bei. „Können sie schwimmen?“
„Ja, natürlich und zwar sehr gerne. Wasser ist für mich das Schönste, was es gibt.“
Als sie durch die Hotelhalle gingen, rief sie der Herr von der Rezeption zu sich:
"Bitte, meine Herrschaften. Sie wollten doch zwei Einbettzimmer. Die können sie jetzt bekommen, sind gerade frei geworden. Nummer 214 und 216.“
„O, ja, danke. Schön dass sie an uns gedacht haben. Wann können wir umziehen?“
„Sofort, wenn sie möchten.“
Die beiden sahen sich an und lachten. „Nun wird es mit dem badengehen erst mal nix.“
„Oach,“ Gerda verzog schelmisch den Mund.

„Wir beeilen uns, dann klappt es doch noch vor dem
Mittagessen.“
„Na, dann aber los.“
Die Koffer waren nur zum Teil ausgepackt, so dass der Umzug in
der Tat schnell vollzogen war.
Günther klopfte bei Gerda an die Tür. Sie öffnete. „Fertig?“ fragte
Günther.
„Nein, aber einfach aufgehört. Den Rest mach ich abends.“

Das Wasser war herrlich.
Abends war Tanz und ein Animationsprogramm. Die Luft war
lau, die Musik weich und sie tranken Sangria.
„Heute zahle ich. Das war so ausgemacht.“ Günther lachte:
„Also, wenn sie das unbedingt wollen - bitte.“
„Ja, ich will,“ bestätigte Gerda.
„Wenn wir uns, wie Freunde, gegenseitig Drinks spendieren, dann
sollten wir nicht länger „Sie“ zueinander sagen,“ wagte Günther
einen Vorstoß.
„Ja, das ist richtig. Wir sind auch Leidensgenossen. Ich heiße
Gerda.“ Sie hielt ihm ihr Glas hin und er stieß an.
„Ich heiße Günther. Aber Leidensgenossen wollen wir nicht
länger sein. So schlecht geht es uns nicht. Das Leiden lassen wir
weg, die Genossen auch, lieber Freunde oder alles was du sonst
noch willst.“

Gerda drohte ihm schelmisch mit dem Finger. Den nahm er in die
Hand, gab einen Kuss darauf und sagte:
"Ich bekommen noch einen Kuss.“
Sehr freundschaftlich fiel der Kuss nicht aus; er war etwas zu
innig und zu lang, aber Gerda wollte es nicht bemerken. In dieser
wunderbaren Nacht konnte man nicht so kleinlich sein.
Abends rief sie wieder bei ihrem Ludwig an. Der hatte schon
ungeduldig in der Hotelhalle in Teneriffa auf ihren Anruf
gewartet.

„Hallo, Liebling. Wie geht es dir?“ Sie berichtete von ihren Tageserlebnissen. „Ich war schwimmen. Das Wasser ist herrlich. Mein Zimmer ist gemütlich und ich schaue auf das Meer. Du weißt doch, das mag ich so gerne. Essen ist auch sehr gut. Leider trinke ich ein bisschen viel Sangria, weil du mir so fehlst.“

„Ach, Gerdalein, das macht doch nichts. Es ist ja Urlaub. Tu nur alles was dir Freude macht. Ich war heute im „Loro-Park“; der ist einmalig auf der Welt. Schade, dass du nicht da warst. Holen wir aber nach.“

„Tschüß. Bleib schön gesund und hab noch ein bisschen Spaß.“

Nach solchen Anrufen war sie immer traurig und Günther musste sie wieder aufrichten, was er mit viel Hingabe gern tat.

So vergingen ihre Urlaubstage, aber auch Nächte, in denen sie oft zu viel Sangria tranken, weil Gerda, wie sie glaubte, ihren Kummer über die Abwesenheit ihres Ludwig, ertränken musste und sich dann aber von Günther trösten ließ. Der umsorgte sie liebevoll, um ja keine trüben Gedanken aufkommen zu lassen. Da die Nächte warm waren, blieben sie oft lange am Strand, manchmal sogar bis zum Sonnenaufgang.

Heute gab es zum Frühstück Eier mit Speck.

Inzwischen war ihr Verhältnis zueinander fast normal, nicht wie bei einem alten Ehepaar, sie stritten nicht miteinander, aber sie verbrachten die Tage gemeinsam.

„Morgen geht es nach Hause,“ nahm Gerda das Gespräch wieder auf.

„Schade.“ Das war Günther. Gerda sah zu ihm hin.

„Es war doch schön? Oder?“

„Ja,“ bestätigte sie ihm und er wechselte schnell das Thema, weil er ihre Augen schon wieder glitzern sah. Ludwig! Obwohl sie sich recht nah gekommen waren, gehörten ihre Gedanken immer ihrem Mann. Er spürte das.

„Wir könnten einen Einkaufsbummel machen. Vielleicht möchtest du deinem Mann ein Andenken mitnehmen?"
Gerda strahlte.
„O, ja. Das ich nicht selbst darauf gekommen bin. Du bist ein richtiger Schatz." „Aber lieben tust du den anderen." Das dachte Günther nur, laut sagte er. "Na, dann nichts wie los!"

Heute ging es nach Hause. Gerda war nervös und glücklich zugleich. Endlich sollte sie ihren Ludwig wiedersehen. Es kam ihr wie eine Ewigkeit vor, dabei waren es nur vierzehn Tage, dass sie ihn nicht bei sich hatte.
Trotzdem war es ein schöner Urlaub gewesen; Günther hatte sich viel um sie gekümmert und immer versucht, ihre Sorgen zu vertreiben.
Endlich saßen sie im Taxi, das sie gemeinsam zum Flughafen brachte.
Endlich wurden sie abgefertigt und endlich startete das Flugzeug.
Gerda hätte die Zeit am liebsten drei Stunden vorgestellt.
„Bitte schnallen sie sich an und stellen sie das Rauchen ein."
Diese Ansage klang ihr wie Musik in den Ohren. Die Zeit verging schnell.
Gleich würden sie landen und Ludwig war schon da. Das wusste sie vom letzten Telefonat mit ihm.
Nach der Landung wartete sie ungeduldig auf ihr Gepäck; Günther stand neben ihr. Endlich kam es, seines war noch nicht da. Gerda ergriff ihr Gepäck und rannte los. Sie hatte am Ausgang schon ihren Ludwig entdeckt.
„Ludwig!" rief sie schon von weitem und dann lagen sie sich in den Armen und küssten sich, als wären sie ein Jahr getrennt gewesen. Küssend und redend verließen sie Arm in Arm das Flughafengebäude, winkten sich ein Taxi und fuhren glücklich nach Hause.
Es gab so viel zu erzählen. Sie saßen bis in die Nacht hinein beisammen, gönnten sich ein gutes Glas Wein und fühlten sich

miteinander verbunden, wie lange nicht.

Als Günther endlich sein Gepäck erhielt, ging auch er zum Ausgang und hielt Ausschau nach Gerda. Erstaunt stellte es fest – sie war nicht mehr da. Er schüttelte mit dem Kopf, konnte es nicht verstehen, war auch enttäuscht. Sie hatten nicht mal die Adressen ausgetauscht, nicht daran gedacht oder auf später verschoben. So hatte er sich den Abschluss der Reise nicht vorgestellt, die zwar mit Irrungen begann, dann aber sehr schön war.

Drei Monate waren seit der Mallorcareise vergangen. Der Alltag hatte sie längst wieder eingeholt. Sie hatten nicht wieder über eine neue Reise gesprochen, der Schock saß tief.

Als Ludwig heute die Wohnungstür öffnete, kam ihm ein angenehmer Geruch von Gebratenem entgegen.

„Hallo, Liebling, bist du heute schon zu Hause?"

„Geh bitte ins Wohnzimmer und öffne die Weinflasche. Ich bin gleich fertig, dann können wir essen," ließ sich Gerda aus der Küche vernehmen.

Ludwig trat in das Wohnzimmer. Der Tisch war festlich gedeckt, eine Kerze brannte schon und eine Flasche von seinem Lieblingswein stand im Kühler; leider für alle Tage zu teuer.

„Hab ich irgend etwas verpasst. Wir haben doch heute keinen Hochzeitstag?" Unsicher küsste Ludwig seine Frau, die gerade mit dem Essen kam.

„Nein. Bitte setz dich. Wir wollen erst essen, es wird sonst kalt und ich habe mir so viel Mühe gegeben. Das Rezept ist von meiner Kollegin, die probiert immer was Neues aus. Schmeckt es dir?" Ludwig nickte eifrig.

„Na, Gott sei dank, es ist so viel Gutes darin. Wie war es heute auf der Arbeit?" „Ach stell dir vor, der Neue..." so plätscherte ihr Gespräch dahin, sie aßen dabei, es schmeckte ihnen gut und Ludwig schenkte immer wieder von dem köstlichen Wein ein.

Endlich nahm Gerda das Glas in die Hand, machte ein feierliches Gesicht und sagte:

“Mein lieber Mann,“ Ludwig sah sie mit großen Augen an, die Spannung war jetzt unerträglich, „ich habe dir etwas Wunderbares mitzuteilen.“ Wieder machte sie eine Pause um Atem zu schöpfen, denn sie war jetzt auch aufgeregt.

„Also,“ begann sie von neuem, „also, ich, ... nein wir...“

„Nun sag schon,“ Ludwig hielt es nicht mehr aus.

„Wir bekommen ein Kind!!!!“

Gerda atmete erleichtert auf. Es war gar nicht so einfach, darüber zu reden, stellte sie fest.

Schweigen.

Darauf war Ludwig nicht gefasst. Sie hielt ihm ihr Glas hin.

„Freust du dich?“ Es klang etwas ängstlich, weil er keinen Ton sagte. Aber nun kam es. Er stieß an ihr Glas, dass der Wein überschwappte:

“Ob ich mich freue? Natürlich freue ich mich, und wie ich mich freue.“ Er sprang auf und umarmte seine Frau, drückte sie, bis ihr die Luft wegblieb.

„Ach, Gerda, jetzt werden wir erst eine richtige Familie.“ Sie sah ihn fragend an: “Waren wir das bisher nicht?“

„Doch, ja, natürlich. Aber ich meine, zu einer richtigen Familie gehören mindestens drei.“

Sie lachte.

„Du hast recht. Wie immer.“ Sie küssten sich.

„Das nächste mal fahren wir mit unserem Baby in Urlaub!“

Ein Wochenende am See

Wir sind über das Wochenende hinaus gefahren. Wir, das sind mein Mann und ich, die Pudelhündin „Fanny" und der Kater „Luzifer".
Zwei lange Tage können wir die Tiere nicht allein zu Hause lassen. Und sie stören uns nicht – im Gegenteil. Wir haben bei vielen Gelegenheiten festgestellt, dass man gemeinsam mit Tieren schönere und bessere Erlebnisse hat.
Schwierigkeiten gibt es manchmal mit dem Kater, der, wie sein Name schon sagt, ein echter Teufel ist.
Wir fahren gern nach Bienenwalde. Etwas abseits des Dorfes liegt malerisch im Wald der Kalksee. Um diese Jahreszeit – es ist Herbst – haben wir ihn ganz für uns allein. Das Wetter ist herrlich, wenn auch morgens und an den Abenden schon empfindlich kühl. Das Gelände ist hügelig. Fichten und Laubbäume wechseln einander ab. Das Terrain fällt zum See sanft ab und endet in einer Lichtung. Wir finden einen schönen Platz für den Wohnwagen, oben am Hang, mit Blick auf den See. Dort bocken wir ihn auf und errichten das Vorzelt.
Ich habe allerlei Gutes mitgenommen. Es soll ein schöner Abend werden. Schon am Nachmittag beginnen wir mit den Vorbereitungen.
Auf der Lichtung suchen wir einen Platz für die Feuerstelle, dicht genug am Wohnwagen, abseits von den Bäumen, natürlich mit Blick auf den See. Wir sammeln Reisig, mein Mann gräbt ein kleines Loch, legt ein paar Feldsteine herum und fertig ist unsere Feuerstelle. An einem zurechtgebogenen Metallstab, den man einfach in die Erde sticht, hängt unser Topf. Auch Holz zum Nachlegen halten wir bereit und zur Sicherheit stellen wir noch einen Eimer Wasser daneben.
Nun sind wir fertig und haben Zeit für einen Spaziergang.
Durch kühlen Laubwald, immer am Bach entlang, gehen wir zur

„Boltenmühle". Die Mühle ist uralt und war früher eine echte Kornmühle, in der die Bauern aus der Umgebung ihr Korn mahlen ließen. Viele alte Sagen und Geschichten ranken sich um diesen Ort und seine ehemaligen Bewohner; was nicht verwundert, denn die romantische Lage, mitten im Wald, abseits jeden Geschehens, macht den Ort geheimnisvoll – auch noch heute.
Vor der Mühle stehen zwei riesige Lindenbäume, wie zwei Wächter. Es gibt einen Mühlteich, dessen Wasser ein schon lange nicht mehr aktives Mühlrad antrieb.
Jetzt betreibt der Konsum hier eine Gaststätte und niemand wundert es, dass der Mühlbach immer noch durch die Gasträume fließt.
Wir gehen zu Kaffee und Kuchen hinein. Fanny muss vor der Tür auf uns warten. Der Kater ist im Wohnwagen gut aufgehoben. Nach dem Kaffeetrinken, von Fanny freudig begrüßt, schlendern wir noch zur Dampferanlegestelle. Die ist jetzt natürlich außer Betrieb. Im Sommer befördern die Schiffe Erholungssuchende von Neuruppin und Rheinsberg hierher und auch wieder zurück.
Wir treten den Heimweg an. Oft geht es über umgestürzte Bäume, bergauf und bergab, über weiches Moos und durch sumpfiges Erdreich. Hier spricht man nicht viel. Dieser natürliche Dom verleitet zur Andacht.
Wieder auf unserem Rastplatz angekommen, es ist inzwischen siebzehn Uhr geworden, zünden wir das Lagerfeuer an. Der aufgekommene Wind erschwert unser Unternehmen. Er zerrt an den Flammen und uns wird kalt. So müssen wir Tisch und Stühle unter das Zelt räumen. Ich pendle zwischen Zelt und Kochtopf hin und her.
Es gibt Kesselgulasch. So richtig will es nicht kochen, weil der Wind die Flammen am Topf vorbeifegt.

Wir haben Zeit. Als die Suppe endlich fertig ist, hat sich auch der Wind gelegt.
Wir können Tisch und Stühle wieder herausholen.

Nun sitzen wir am Feuer. Das Essen schmeckt. Anschließend wird noch ein Punsch gebraut.

Langsam kommt die Nacht. Der Wald hinter dem See wird schwarz. Die untergehende Sonne färbt den See rot. Gemütlich schlürfen wir unseren Punsch, legen ab und zu ein Stück Holz nach, damit wir auch von außen gewärmt werden und fühlen uns wohl. Der Hund sitzt neben uns. Den Kater hat mein Mann auf dem Schoß.

Um uns her sind die unbekannten Geräusche des nächtlichen Waldes. Sehen kann man nichts, nur ahnen.

Der Wald ist nachts sehr lebendig.

Der See strahlt jetzt wie ein Diamant. Er leuchtet von innen heraus, gegen die Schwärze des Waldes. Das gespeicherte Licht und die Wärme des Tages lassen ihn leuchten.

Ganz deutlich fühlt man die Seele zerfliesen und wird eins mit dieser wundervollen Natur. Wir genießen die vielen kleinen Eindrücke und nehmen die Romantik des Augenblicks als akute Erholung.

Früh begrüßt uns der lachende See in der Morgensonne. Wir rüsten zur Heimfahrt und fühlen uns stark nach diesem Wochenende.

Fanny

Mit zierlichen Trippelschritten stolziert sie hoch erhobenen Hauptes durch den Park. Heute ist sie frisch getrimmt und sieht reizend aus. Nicht nur der Schäferhundmischling dreht sich nach ihr um, nein, auch die Spaziergänger finden bewundernde Blicke.
Ihr schwarzes Fell glänzt seidig in der Sonne und trotz des Schnittes kringeln sich die Löckchen.
Sie ist sich ihrer Schönheit voll bewusst, wie auch Herrchen, der am anderen Ende die Leine hält. Diese, wie auch das mit blanken Nieten besetzte, rote Halsband, stehen in wundervollem Kontrast zu dem schwarzen Fellkleid.
Nur selten gönnt sie sich eine Geruchsaufnahme an einem Strauch oder Baum und auch den weißen Collie lässt sie unbeachtet vorüberziehen, obwohl er verführerisch duftet.
Herrchen ist sehr stolz. Locker hält er die Laufleine und aus den Augenwinkeln beobachtet er, ob seine Fanny von den Passanten genügend Beachtung erhält und ist mit dem Ergebnis zufrieden.

Das Wetter ist schön, so gönnen sich beide eine Auszeit auf einer Parkbank und genießen die Harmonie der Umgebung, sowie die staunenden Blicke der Parkbesucher.

Plötzlich bricht aus dem Gebüsch ein Ungeheuer in Form eines Bullterriers hervor. Mit riesigen Sprüngen steuert er direkt auf Fanny zu, die erschrocken in Abwehrstellung geht.
Herrchen kann vor Schreck nur die Augen weit aufreißen.
Doch – o Glück – kurz vor Fanny bremst das Ungetüm seinen Sprung ab und kommt in Demutsstellung zu Fanny. Es ist ein Rüde und der Duft der Pudeldame hat ihn zahm gemacht.
Fanny ist von seinem Annäherungsversuch nicht begeistert und immer noch ängstlich versucht sie seiner begierigen Nase zu entkommen, in dem sie sich von ihm wegdreht.

Herrchen kann ihr auch nicht helfen. Seine Angst vor dem großen Tier ist in dem Moment größer als seine Liebe.

Das Spiel geht eine Weile. Fanny versucht auszuweichen; der Rüde ihr nahe zu kommen.

Als Fanny bemerkt, dass ihr Widersacher ganz friedlich ist, wird sie mutig und knurrt ihn an. Als das keine Wirkung zeigt, schnappt sie kurz nach ihm.

Aufheulend springt er beiseite.

Sie hebt stolz ihr Köpfchen, denn sie bleibt die Siegerin.

Herrchen hat dies alles mit offenem Mund verfolgt. Jetzt macht sich Befriedigung über seine mutige Fanny auf seinem Gesicht breit. Gerade hebt er lobend die Hand seinen Liebling zu streicheln, als der Terrier zähnefletschend auf ihn zukommt. Angstvoll zieht er seine Hand zurück.

Was nun?

Ein Pfiff ertönt und die Ohren des Terriers gehen in die Höhe. Gleich darauf kommt ein junger Mann, vom Typ her passt er zu dem Hund, um eine Wegbiegung.

„Adolf! Wo treibst du dich wieder herum? Ich suche dich schon überall."

Hervor zieht er eine Kette und befestigte sie am Halsband des Terriers.

„Das hätten sie gleich tun sollen, dann wäre er ihnen nicht fortgelaufen. Ihr Hund hat uns mächtig erschreckt," wagt Herrchen sich zu äußern.

„So, hat er das? Es tut mir leid." Er grinst: "Dir auch Adolf, nicht. Er ist aber ganz friedlich. Komm, Adolf!"

Damit verlassen beide die Szene und schlendern die Hauptallee hinunter.

„Im Park dürfen Hunde nicht frei laufen," schickt Herrchen noch hinterher, aber das hören die beiden schon nicht mehr. Wahrscheinlich hätte es sie auch nicht besonders interessiert.

Fanny hat den Schrecken besser verkraftet als Herrchen und zeigt sich den vorübergehenden Leuten schon wieder mit hocherhobenem Haupt von ihrer ganzen Schönheit.
Herrchen zittert noch eine Weile, ob der überstandenen Angst.
Ja, seine Fanny, die ist schon etwas Besonderes.
Das tröstet ihn.

Kater Luzifer

Eines Tages sind wir - nein nicht auf den „Hund"- wohl aber auf
die „Katze" gekommen, besser gesagt – Kätzchen.
Und das kam so:
Heute hat Tante Emma Geburtstag. Wir freuen uns schon darauf,
denn bei der Feier geht es immer lustig zu. Tante Emma und
Onkel Karl, wir nennen sie nur Onkel und Tante, sind aber nicht
verwandt, wohnen auf dem Dorf und haben einen richtigen
Bauernhof, mit allem was dazu gehört:
Kühe, Schweine, Hühner, Kaninchen, ein Pferd, es heißt Lisa und
wird zum Pflügen gebraucht, einen Hund und natürlich viele
Katzen.
Wie wir heute ins Haus kommen, wuseln gleich viele kleine
Katzenkinder um unsere Beine, denn Susi hat Junge. Ganz bunt
sehen sie aus, weiß mit schwarz, grau und ein rot gestreiftes. Sie
sind gerade mal vier Wochen alt und zuckersüß.
Das rote ist ein ganz freches und nachdem ich es auf den Arm
genommen habe, werde ich es nicht mehr los. Will ich eigentlich
auch gar nicht. Es ist so klein und weich. Schließlich krabbelt es
in meinen Einkaufskorb und schläft ein.
In dem großen Korb ist das kleine Wesen kaum zu sehen.
Wir feiern erst einmal tüchtig Geburtstag. Aber irgendwann ist es
Zeit nach Hause zu gehen. Kätzchen schläft immer noch im Korb;
es gefällt ihm darin so gut. „Wir lassen es schlafen und bringen es
morgen früh wieder her," sage ich zu Tante Emma. „Ja, ja," sie ist
einverstanden.
Es ist schon fast Sommer und wir wohnen im Bungalow. So ist
der Weg nach Hause nicht weit, denn der Bungalow befindet sich
in dem selben Dorf.
Morgens begrüßt uns Kätzchen mit lautem Miau und schnurrt um
unsere Beine. Es hat natürlich in unserem Bett geschlafen. Jetzt
hat es Hunger und wir auch. Gemeinsam frühstücken wir.

„Nachher bringen wir die Katze aber zurück,“ sage ich zu meinem Mann. „Ich möchte sie nicht behalten, denn wir wohnen nicht das ganze Jahr im Bungalow und in der Wohnung ist es nicht gut für sie.“

Mein Mann zuckt nur mit den Schultern. Unsere Pudelhündin „Fanny“ hat sich mit dem Kätzchen schon angefreundet und schickt sich an, die Mutterrolle zu übernehmen, denn eigentlich braucht so eine kleine Katze noch mindestens zwei bis drei Wochen die Mutter.

Mein Mann hat das Kätzchen auf dem Schoß und streichelt ihr das Fell.

Plötzlich sagt er: „Sie hat Flöhe.“

Erschrocken gehen wir der Sache auf den Grund. Und was stellt sich heraus. Das kleine Wesen hat mehr Flöhe als Haare auf dem Leib.

„Ich werde sie baden.“

Das tut man mit Kätzchen eigentlich nicht und diese haben es auch nicht gern, aber das wusste ich zu diesem Zeitpunkt noch nicht.

Also wurde sie gebadet und das Badewasser war schwarz von den vielen Flöhen.

„Was muss sie darunter gelitten haben. Das arme Ding.“

„Wenn wir sie auf den Bauernhof zurückbringen, sitzt sie morgen wieder voll Flöhe, weil die anderen Tiere auch welche haben.“

Nein, das wollten wir ihr nicht antun.

„Wir werden sie behalten!“

Als wir Tante Emma von unserem Beschluss Mitteilung machten, lachte sie froh.

„Das ist gut. Bei uns laufen eh zu viele Katzen herum. Behaltet sie nur.“

So sind auf also auf die „Katze“ gekommen, die, wie sich noch herausstellen wird, eigentlich ein Kater ist.

Das Kätzchen entwickelte sich gut. Kein Wunder, wir erfüllten ihm jeden Wunsch.

Hat es Hunger, bekommt es etwas Leckeres zu essen.

Es hat Durst, geben wir ihm Milch.

Übrigens, später gaben wir ihm keine Milch mehr, nachdem der Tierarzt uns aufgeklärt hatte, das Milch nicht gut für Katzen ist; übrigens auch nicht für Igel.

Wir konnte das kleine, hilfloses Wesen natürlich auch nicht nachts draußen oder im Schuppen schlafen lassen. Es brauchte noch Körperwärme. Also schlief es bei uns im Bett, wenn ich das auch nicht so gut fand. Zumindest Flöhe hatte es keine mehr.

Außerdem, ich muss hier immer mal ein paar Weisheiten einfließen lassen, gehen Hunde- oder auch Katzenflöhe nicht auf Menschen. Gut zu wissen, oder?

In unserem Bett schlafen, schön und gut, aber dies war nicht so einfach. Dieses kleine Wesen, nur so groß, dass es in eine ausgewachsene Männerhand passte, schnurrte vor Wonne in unserem Bett so laut, dass ich nicht einschlafen konnte. Es wurde kurzerhand an das Fußende verbannt, was ihm auch recht war und so war uns allen geholfen.

Das Schlafproblem hatten wir gelöst, aber es gab noch andere und unser kleiner Racker ließ sich ständig etwas Neues einfallen.

Morgens, bevor wir zur Arbeit gingen, ließen wir das Kätzchen vor die Tür in den Garten. Wir konnten es noch nicht so lange unbeaufsichtigt lassen. Es musste sich erst an die neue Umgebung gewöhnen, sonst wäre es womöglich verloren gegangen. Mein Mann meinte, es würde im Garten sein Geschäft verrichten und am Tage blieb es dann im Bungalow.

Das war leider ein verhängnisvoller Irrtum.

Nach vierzehn Tagen musste ich zu meinem Entsetzen feststellen, das sich unser Liebling alle möglichen Behältnisse, sprich Schuhe, Kisten, Taschen, etc., ausgesucht hatte, um dort seine Geschäfte zu erledigen und nicht, wir gehofft hatten, im Garten.

O, großer Gott, was für eine Schweinerei. Aber nicht unser Kätzchen war Schuld, im Gegenteil, es hatte sich nach bestem Wissen bemüht, nicht die Stube schmutzig zu machen und dass

Hausschuhe nicht der geeignete Platz für solch wichtige Angelegenheiten waren, konnte es schließlich nicht wissen.

Ich war ernsthaft böse, denn die „benutzten Sachen" konnte man nur wegwerfen.

„Jetzt ist aber Schluss," sagte ich zu meinem Mann.

„So geht das nicht! Entweder die Katze bleibt im Garten oder du baust ihr eine Katzentoilette."

Mein Mann liebt Tiere über alles und so dauerte es nur eine kleine Weile, dann hatte er eine Kiste gezimmert, sie mit trockenem Sand gefüllt und da stand sie nun in der Ecke.

Und, ein Wunder geschah, ohne das wir auch nur ein Wort gesagt hätten oder sie darauf hingewiesen, ging unser Kätzchen, als hätte sie nur darauf gewartet, auf ihre neue Toilette. Nach dem Geschäft wurde alles schön sauber bekratzt und mit Sand bedeckt, noch mal berochen und für gut befunden.

Na also, es geht doch.

Wieder ein Problem gelöst. Manchmal sind Tiere schlauer als Menschen, besonders wenn letztere Tierhaltungs-Neulinge sind.

Aber wir mussten noch mehr Erfahrungen sammeln und noch viele waren schmerzlich für uns. Trotzdem überwog die Freude, die wir mit den Tieren hatten immer unseren Ärger.

Am Tage blieb die Katze, jetzt muss ich wohl sagen, der Kater, denn das hatten wir inzwischen herausgefunden, noch im Bungalow und trieb dort sein Unwesen.

Alles was irgendwie beweglich war, wurde untersucht und so passierte es, dass er mir eine Hängevase voll Blumen und Wasser auf das darunter stehende Tonbandgerät entleerte und dieses dabei seinen Geist aufgab.

Nach einigen ebensolchen Attacken beförderte ich „Kater", er hatte noch immer keinen Namen, tagsüber kurzerhand in den Garten, was er mir dann prompt heimzahlte.

Ich hatte frei und war den ganzen Tag im Bungalow.

Mein Mann war auf Arbeit.

Der Kater vergnügte sich im Garten.

Es war ein eigentümlicher Tag. Fast ein wenig unheimlich.

Es wurde immer dunkler, obwohl es Mittagszeit war, die Luft wurde feucht und neblig. Schließlich war der Nebel so dicht, dass ich das Nachbarhaus nicht mehr erkennen konnte, obwohl es nur wenige Schritte entfernt stand. Der Raum fühlte sich so leer an und Geräusche konnten nicht durchdringen.

Ich rief nach dem Kater und lockte ihn. Aber meine Stimme blieb vor mir stehen, es war, als ob sie sich nicht entfernte.

Plötzlich hatte ich das Gefühl, der Kater ist nicht mehr da. Ich konnte ihn nicht rufen. Ich musste den Raum, sprich Garten, durchschreiten, um ihn zu suchen. Also ging ich Stück für Stück den Garten ab, kaum die Hand vor Augen sehend, bückte mich unter jeden Strauch.

In unserem Garten war er nicht.

Ich dehnte die Suche auf das Nachbargrundstück aus. Am Vormittag war der Nachbar im Garten gewesen; ich hatte ihn kurz gesehen.

Der Kater wird doch nicht...? Ich erschrak. Dann ging ich zum Nachbarbungalow und versuchte durch das Fenster zu schauen. Viel konnte ich nicht sehen, es war zu dunkel. Aber als ich rief, meldete sich mein Kater.

"Miau", kam es von drinnen. Na, das ist ja wunderbar. Wie kriege ich dich da wieder heraus. Nicht jeden Tag kommt der Nachbar zum Bungalow. Und was der Kater da drinnen alles anstellt.

O, bloß nicht daran denken. Es könnte peinlich werden.

Was war zu tun? Erst mal wartete ich auf meinen Mann, der kam jeden Augenblick von der Arbeit Dann beratschlagten wir, was zu tun sei.

„Wir müssen den Nachbarn anrufen." Also trotteten wir durch die Dunkelheit zum nächsten Telefon. Der Nachbar wohnte in der Stadt.

„Ja," sagte er, als wir ihm die Situation geschildert hatten, „dann müssen sie kommen und sich den Bungalowschlüssel holen. Ich bin zu Hause."

Es blieb uns nichts anderes übrig, als uns ins Auto zu setzen und in die Stadt zu fahren, was nicht so einfach war. Die Strecke war zwar nicht weit, vielleicht zehn Kilometer, aber der Nebel.

Wir konnten nicht von einem Straßenbaum zum anderen sehen. Ich musste teilweise die Autotür öffnen,um zu erkennen, wo die Wegbegrenzung war. Wir brauchten fast eine Stunde für die Fahrt und zurück war es auch nicht viel besser.

Nun können wir unseren Kater befreien, dachten wir. Aber dem war nicht so. Er hatte es sich auf dem Sofa bequem gemacht und schlief und war nicht sonderlich beeindruckt, von unserer Rettungsaktion.

Ich sah mich noch gründlich im Bungalow um, ob er evtl. Spuren hinterlassen hatte, aber er hatte sich offenbar anständig benommen und vom Nachbarn hörten wir hinterher auch keine Beschwerden. Noch mal gut gegangen.

Was tut man nicht alles für sein Katzenvieh.

Kriegszeit

„Friedrich! Komm essen!"

Er knurrte nur. Mürrisch folgte er dem Ruf seiner Frau.

Friedrich kam aus dem Stall, roch nach Misthaufen, seine Stiefel waren dreckig. Er zog sie an der Tür aus.

Selma hatte Eintopf gekocht. Ein deftiges Essen, wie man es in Ostpreußen gewohnt war.

Es war Kriegszeit und viele Menschen darbten. Diese Sorge hatten sie nicht, denn Hof und Garten versorgten sie mit dem Nötigsten, was sie brauchten.

Allerdings mussten sie schwer dafür arbeiten.

Als Friedrich ins Zimmer trat, saßen da schon seine Schwiegertochter und ihre beiden Kinder.

Er setzte sich an den Tisch. Seine Frau tat ihm die Suppe auf und schob ihm den Brotteller hin. Er knurrte etwas von „Guten Appetit" und sie begannen zu essen.

Spannung lag in der Luft.

Nach einer Weile des Schweigens fuhr er seine Schwiegertochter an:

„Wally, nun red doch. Hast du Nachricht von Reinhold?"

Wally zuckte zusammen und ihre roten Haare standen wie ein Schutzschild um ihren Kopf.

„Nein. Immer noch nicht."

Es war ihrer Stimme nichts zu entnehmen, weder Angst noch Sorge.

Friedrich schlug mit der Faust auf den Tisch und hätte beinahe seine Suppe verspritzt.

„Dieser verdammte Krieg. Von Herbert ist auch keine Nachricht da. Was machen die bloß mit unseren Kindern?"

Er sah seine Selma jetzt fast zärtlich an. Sie blinzelte zu ihm hin. Sie kannte ihn gut und wusste, dass solche Wutanfälle schnell abebbten. So war er eben; trotzdem ein guter Mann.

Friedrich tat sein Aufbrausen schon wieder leid. Er tätschelte
Selmas Hand, die fleischig war, aber hart von viel schwerer
Arbeit. Er wusste, sie litt am meisten darunter, dass die Söhne im
Krieg waren und sie vertrug es gesundheitlich am wenigsten. Sie
hatte ein schwaches Herz und ihre Körperfülle sorgte zusätzlich
für Luftmangel.
„Ich muss noch Holz hacken.“
Friedrich ließ die Frauen allein.
Selma versuchte die Schwiegertochter zu beruhigen.
„Er meint es nicht so.“
„Ich weiß,“ sagte Wally abwehrend und es blieb wieder offen, ob
es ihr Gemüt bewegte.
„Kommt!“ rief sie die Kinder und ging aus dem Zimmer.
Die junge Familie wohnte oben. Vater und Sohn hatten das kleine
Siedlungshaus ausgebaut, so war noch eine kleine Wohnung
entstanden. Zwei Zimmer, klein aber gemütlich, eine Küche. Das
Klo war sowieso auf dem Hof.
Friedrich hatte schon mal erwogen ein Bad einzubauen, Platz war
da. Aber die Zeiten waren zu schlecht. Er verschob es auf später.

Das Wetter trübte sich ein und es begann zu regnen. Auch wehte
ein starker Wind. Dazu war es bitterkalt. Eigentlich zu schlecht
für den März.
Spät abends, Friedrich und Selma lagen schon im Bett, klopfte es
leise an die Hintertür. Erst glaubte Friedrich es sei der Wind. Der
eine Fensterladen war lose. Da klopfte es wieder, nachhaltiger.
Friedrich stand auf. Selma schaute ängstlich aus ihren karierten
Kissen. Friedrich ging zur Tür und sie hörte ihn sprechen. Da hielt
es sie nicht länger im Bett. Das lange Nachthemd war zwar nicht
warm genug, denn das Zimmer war eiskalt, der Ofen längst aus,
aber die Neugierde war größer. Als sie in die Wohnstube kam,
erstarrte sie vor Schreck und Freude auf der Schwelle.
„Reinhold!“ rief sie und schlug sich gleich darauf auf den Mund,
aus Angst, es könnte sie jemand hören.

„Reinhold! Sie eilte auf ihn zu und umarmte ihm. Es war egal, dass er nass und voller Schmutz war. Seine Uniform klebte ihm am Körper.
„Mama." Er drückte sie fest. Ihr Herz klopfte heftig.
„Zieh die nassen Sachen aus. Vater, hol ihm trockene Wäsche von dir. Ich mach dir etwas zu essen und einen heißen Tee ..."
Sie hielt inne; sah ihn fragend an.
„Oder willst du zu Wally?"
Es kam zögernd.
„Ja."
„Vater, hol sie runter."
Es wurde eine lange Nacht und jeder ging mit Angst zu Bett.
Wie würde es weitergehen?
Würde die Gestapo nach ihm suchen?
Keiner durfte ihn sehen.
Wenn man ihn fände, würde er erschossen.

Nun da Reinhold zu Hause war, lebten sie nur in Furcht vor Entdeckung. Jedes Mal wenn es an die Tür klopfte, zuckten sie zusammen.
„Wie lange können wir das durchhalten," dachte Friedrich. Er machte sich Sorgen um seine Selma. Immer öfter hielt sie in der Arbeit inne, weil ihr die Luft fehlte.
Dann wanderten seine Gedanken in die Vergangenheit. Trotz mancher Sorgen hatten sie ein zufriedenes Leben geführt. Sie brauchten nicht viel dafür. Er erinnerte sich, wie sehr sie sich über eine neue, bunte Schürze freute, die er ihr aus der Stadt mitgebracht hatte.
Seine Selma war die Schönste in ihrem Dorf und Friedrich war stolz, dass sie seine Braut wurde. Der strenge Knoten, mit dem sie ihr Haar hielt, konnte ihren ebenmäßigen Gesichtszügen nichts anhaben. Ihre Figur war drall, von oben bis unten, so wie Friedrich es liebte.

Vor Jahren waren Friedrich und Selma, als junge Leute, hierher gekommen; ins Preußische sozusagen.
Gott weiß warum.
Sie hatten die Möglichkeit erhalten, ein Häuschen zu bauen, hatten zwei Söhne großgezogen.
Ihr Haus gehörte zu einer Siedlung.
Die Häuser, meist Doppelhäuser, waren wie eine slawische Siedlung im Kreis gebaut. Man betrat die Siedlung durch einen Torbogen. In der Mitte war ein Teich. Dicke Trauerweiden säumten seine Ufer. Die Zweige berührten das Wasser, das im Sommer spärlich vorhanden war. Viele Frösche lebten darin.. Vor den Häuschen waren kleine, schmucke Vorgärten. Zwei bis drei Stufen führten ins Haus. Jeder kannte jeden. Hinter den Häusern befand sich großes Gartenland, was jetzt, in der schlimmen Kriegszeit, über manches hinweg half, denn Obst und Gemüse wurden angebaut, auch Hühner, Enten und Kaninchen gehalten, wer erfahren war – auch Bienen.
Das Leben verlief friedlich und manchmal blieb die Zeit ein bisschen stehen.

Doch dann kam der Krieg und auf einmal wurde alles anders.
Beide Söhne waren im wehrpflichtigen Alter. Der Ältere, Reinhold, er kam wohl eher nach der Mutter, war seelisch ein wenig labil.

Nach ein paar Tagen bekam er Typhus. Den hatte er sich unterwegs eingefangen an unguten Wasserstellen. Er musste ins Krankenhaus.
Aus Furcht vor der Entdeckung schnitt er sich die Pulsadern auf und starb.
Friedrich und Selma waren untröstlich und jeder versuchte auf seine Weise mit dem Schicksalsschlag zurecht zu kommen. Während Friedrich sich in die Arbeit stürzte; Tag und Nacht nur

noch rackerte, bekam Selma immer mehr Schwierigkeiten mit ihrem Herzen

Der zweite Sohn war noch im Krieg. Es fehlte eine Nachricht von ihm.

Selmas Gesundheitszustand wurde immer schlechter. Sie musste sich hinlegen. Ihre Körperfülle war ihr dabei nicht zuträglich. Jede Bewegung fiel ihr schwer. Nach zwei Wochen bekam sie keine Luft mehr. Friedrich musste den Arzt holen. Lungenentzündung war die erschreckende Diagnose und Medizin war nicht vorhanden. Der Arzt zuckte nur mit den Schultern und verließ betrübt das Krankenzimmer.

Selma bekam Fieber und nach weiteren zwei Wochen starb sie.

Friedrich musste selbst einen Sarg bauen und sie wurde hinter dem Haus begraben.

An der Trauerfeier nahmen nur wenige Menschen teil; die beiden Schwiegertöchter und die drei Enkelkinder, die noch nichts von der Schwere des Augenblicks wussten.

Wally trug schwarz. Ihre roten Haare standen in starkem Kontrast dazu. Sie hielt ihre beiden Kinder, ein Junge und ein Mädchen an der Hand und sagte ihrem Schwiegervater, sie werde wegziehen.

Das tat sie wenig später auch; nur mit einem Koffer, keiner wusste, wohin sie ging.

Die zweite Schwiegertochter Trudchen, eine kleine, ganz liebe, zarte Frau besuchte Friedrich zwar oft, versuchte ihm zu helfen, ein bisschen im Haushalt, mal kochen, Wäsche waschen, sauber machen, aber von Gartenarbeit hatte sie keine Ahnung.

Es war meist spät am Abend, wenn Friedrich völlig abgearbeitet sich in seine Stube setzte. Haus und Hof, Garten und Viehzeug hatten ihm alles abverlangt.

Da saß er dann allein und grämte sich über den Verlust seiner Lieben.

Er gedachte der schönen Stunden, gemeinsam mit seiner Selma, als die Kinder noch klein waren.

Dann stand er vor seiner Haustür, Selma neben ihm, sie hatte dann schon ihre schöne, bunte Schürze umgebunden. Er schmauchte sein Pfeifchen, Selma streichelte die Katze und die Nachbarn kamen auf ein Schwätzchen vor die Tür.

Die Sommerabende waren lau, die Frösche gaben ein Konzert – alles war friedlich.

Dieser verdammte Krieg. Alles hatte er zerstört. Auch viele Söhne aus der Nachbarschaft waren im Krieg gefallen. Sein eigener Sohn noch immer nicht aus dem Krieg zurückgekehrt. Friedrich hatte kein Lebenszeichen von ihm.

Er raufte sich die Haare.

Nun musste er noch seine Socken stopfen, die hatten schon wieder ein Loch.

Platzkarten (1978)

Meine Tochter hatte mich überredet, mit ihr nach Ungarn zu fahren. Doch alles was wir dafür hatten, war Unternehmungsgeist. Den brauchten wir auch, wie sich noch zeigen wird.
Wir hatten keine Unterkunft in Ungarn, keinen Bekannten in Budapest und zu allem Unglück nicht mal eine Platzkarte.
Auf dem Bahnsteig 7 des Ostbahnhofes in Berlin warteten wir auf den „D 615".
Am Aushang hatten wir uns informiert „Platzkartenpflichtig" stand dort.
Wir sahen ganz schön alt aus. Schließlich fährt man nicht jeden Tag mit einem D-Zug und schon gar nicht ins Ausland. Hoffentlich nimmt er uns überhaupt mit – ohne Platzkarten.

Diesen Zug hatten wir uns ausgeguckt, weil wir früh in Budapest sein wollten, um den Tag für die Zimmersuche frei zu haben.

Also, wir erwarteten ungeduldig den Zug, traten von einem Bein auf das andere, schauten ständig auf die Bahnhofsuhr.
Ist Ihnen auch schon aufgefallen, dass in solchen Situationen die Zeit überhaupt nicht vergeht?

„Wir suchen uns gleich den Schaffner," sprachen wir uns ab.
Endlich kam der Zug langsam in den Bahnhof geschoben. Alle Leute suchten ihr Abteil, wegen der Platzkarten. Wir suchten den Schaffner. Als wir ihn endlich gefunden hatten, klärte er uns auf: „Platzkarten habe ich nur noch erster Klasse. Sie müssen nachlösen. Entweder an jeder Grenze neu, in der CSSR für Kronen, an der Ungarischen Grenze in Forinth, oder Sie kaufen sich hier eine Zuschlagkarte. Das schaffen Sie vielleicht noch, bis der Zug abfährt."

Kronen hatten wir nicht – es blieb uns nur die letzte Variante.

„Du schaffst unser Gepäck in den Zug und ich laufe in die Halle,“ sagte ich zu meiner Tochter.

Ich flitzte los. Der Schalter für Zuschlagkarten befindet sich in der äußersten Ecke, am Ende der großen Bahnhofshalle. Am Schalter standen schon sechs Leute und alle hatten es eilig. Ich sah in fünf Minuten mindestens 100mal auf die Uhr. Endlich bekam ich meine Karten; es war schon reichlich spät. Ich eilte auf den Bahnsteig und sprang in den Zug. Die Puste war mir ausgegangen und nicht nur weil ich die Treppen im Eilschritt genommen hatte. Der Zug fuhr ab. Gerade noch geschafft.

Nun suchten wir wieder den Schaffner, denn wir wollten eine Platzkarte von ihm haben. Die meisten Abteile waren ziemlich voll. Die Reisenden drängten auf den Gängen, nicht jeder hatte schon seinen Platz gefunden. Da kam ein ziemlich langer Mensch und versuchte sich durch das Menschengewirr zu drängen. Er war höflich und sagte zu uns: „Darf ich mal kurz hier durch.“ Wir ließen ihn vorbei. Dann sahen wir uns an und mussten schrecklich lachen, weil er doch so lang und gar nicht kurz war.

Schließlich fanden wir ein schönes Abteil. Es war leer und wir setzten uns erst mal. Ein bisschen ausruhen.
 Der Schaffner wird sicher hier vorbei kommen.
Das tat er auch. Schrieb uns eine Platzkarte aus, kassierte drei Mark und weg war er.
Inzwischen war der Zug aus Berlin herausgefahren.

In öffentlichen Verkehrsmitteln bekomme ich immer Hunger. So packten wir unsere Marschverpflegung aus und wollten gerade in die Stullen beißen, als wir an der Kabinenaufschrift feststellen mussten, dass wir zweiter Klasse saßen. Das ging uns nun doch gegen den Strich. Erst mussten wir uns abplagen, um in den Besitz einer Zuschlagkarte erster Klasse zu kommen und nun sollten wir „Zweiter Klasse" fahren. Nein, das wollten wir nicht. Wir packten die Brote wieder ein und los ging es, den Schaffner suchen.

„Ja," sagte der „ich habe erster Klasse noch frei. Kommen Sie mit!" Wir nahmen unsere Bündel und zogen durch den Zug nach hinten. In einem gemütlichen Abteil (soweit dies bei Fernzügen möglich ist) machte der Schaffner halt, schrieb uns eine neue Platzkarte aus und ging.
Wieder holten wir unsere Stullen heraus. Jetzt total zufrieden mit uns selbst, aber!!
Als die Waggons über die Weichen vor Dresden ratterten, schreckten wir aus einem kurzen Schlaf, denn essen macht müde.
Noch während des Halts im Hauptbahnhof von Dresden standen plötzlich zwei ältere Damen in unserem Abteil; hielten uns brüskiert zwei Platzkarten unter die Nase, welche die gleichen Zahlen trugen, wie unsere.
Höflich aber missmutig – inzwischen an Kummer bei der Bahn gewöhnt – überließen wir ihnen die Sitzplätze und hängten uns an das Gestänge auf dem Gang.
Die Gedanken in unseren Köpfen: „Na warte, wenn der Schaffner vorbei kommt, dem werden wir aber mal die Meinung sagen, uns ständig zu veräppeln."
Und da kam er schon. Aber statt wir, hatte er uns etwas zu sagen:
"Ich habe vergessen Ihnen zu sagen, dass die letzten drei Waggons in Prag abgehängt werden. Auch dieser hier in dem sie sitzen. Sie müssten dann in ein anderes Abteil wechseln, wenn Sie weiterfahren wollen. Aber bis Prag können Sie hier bleiben."

Wir kriegten große Augen – dann verschlug es uns die Sprache.
Anschließend grinsten wir hämisch ein bisschen in das Abteil. Da saßen die beiden beklunkerten, alten Damen, steckten die Köpfe zusammen, um sich dann in Richtung Speisewagen zu verabschieden. Sie konnten es sich eben leisten. Wir nicht. Dafür

durften wir schon ein bisschen schadenfroh sein, denn sie mussten auch das Abteil wechseln.

Wir durften – solange sie fort waren – wieder sitzen.
Aber bis Budapest war es noch weit und wer weiß, was alles noch geschehen würde.
Außerdem brauchten wir ein neues Abteil, denn schließlich waren wir jetzt im Besitz von Platzkarten.

Opa - und das FDGB-Buch

Wenn ich nach Hause komme, sitzt mein Vater über seinen Briefmarken.

Nach Hause kommen, sage ich immer noch, weil die Bindung an meine Familie groß ist. Eigentlich habe ich ein eigenes zu Hause, bin verheiratet, habe eine Tochter und mein Vater ist Opa.

Heute zeigt er mir seinen neuesten Erwerb – eine Blumenbriefmarke aus Thailand. Wunderschön ist sie und er weiß viel darüber zu erzählen; über die Marke, die Blume und auch das Land. So holt er sich die ganze, große Welt in seine kleine Stube und ist glücklich dabei.

Mein Vater ist ein wundervoller Mensch. Er kann alles und man kann mit ihm über alles reden.

Leider gehört er zu der Generation, die zwei Weltkriege miterleben musste. Den ersten Weltkrieg, mit all seinen Entbehrungen als Kind und den zweiten als aktiver Soldat. Glücklicherweise hat er ihn überstanden, aber er kam mit Malaria aus der Kriegsgefangenschaft zurück und nur die schwere Arbeit – er war Eisen- und Metallformer und das war früher ausschließlich Handarbeit – hat ihm das Leben gerettet, hat sein Arzt einmal gesagt, aber sein Herz hat es kaputt gemacht.

Noch vor Jahren hat er gemalt. Er besaß ein herausragendes Talent. Von Landschaft bis Heiligenbilder, von Porträt bis Federzeichnung – er konnte alles.

Leider war es für ihn eine brotlose Kunst, denn wenn er ein Bild verkaufen wollte, oder jemand es unbedingt haben wollte, dann wehrte ihn meine Mutter:

„Aber das geht doch nicht. Du kannst doch nicht fünfzig Mark dafür verlangen, höchstens dreißig." Am liebsten wäre es ihr, er hätte die Bilder verschenkt, was er auch oft genug tat. Dabei ging es den beiden nicht so prächtig. Oft musste das Geld mehrmals umgedreht werden, bevor man es ausgab.

Als ihn die Krankheit immer mehr beeinträchtigte, er kaum noch aus dem Haus ging, weil er die drei Treppen zur Wohnung nicht mehr hinaufsteigen konnte, begann er mit dem Briefmarken sammeln.

Er hatte Briefkontakte in der ganzen Welt. Beschäftigte sich mit Land und Leuten und seine philatelistischen Ausstellungen belegten sogar erste und zweite Plätze in Moskau.

Einmal klagte er mir sein Leid. Er hatte ein neues Thema: es betraf FDGB-Heime. Dazu fehlten ihm genaue Informationen. Der FDGB hatte einen Sammelband über diese Heime herausgegeben – der war aber nicht im Handel zu bekommen.

Das kriegen wir schon, dachte ich bei mir, denn ich war ja meines Vaters Tochter und wie er, gebe ich niemals auf.

Ich telefonierte mir die Ohren heiß. Endlich hatte ich in Berlin ein Büro gefunden, in dem man für mein Anliegen Verständnis hatte.

Ich schilderte der Dame am Telefon die Situation meines Vaters – das es seine einzigste Freude ist – das Briefmarken sammeln - und traf auf Verständnis.

„Kommen sie morgen. Sie können sich das Buch bei mir abholen."

Ich bedankte mich vielmals und war froh. Er würde das Buch zu Weihnachten bekommen.

Ich wickelte es schön in Weihnachtspapier und es lag am Heiligen Abend unter dem Weihnachtsbaum, mit einem Kärtchen:

„Frohe Weihnachten für Vati."

Langsam wickelte er es aus. Es war ein dickes, schweres Buch. Und als er es in den Händen hielt, sah was es war, da liefen Tränen über seine Wangen. Er nahm meine Hände und drückte sie, sprechen konnte er nur ein leises: "Danke."

Seine Freude war mein schönstes Weihnachtsgeschenk

Sturm auf Teneriffa

Was für ein schöner Tag ist heute. Party ist angesagt. Der Garten ist festlich geschmückt. Es sind viele frohe, glückliche Menschen um uns her. Dazu ist heller Sonnenschein und lustige Musik.
Tanzen unter Palmen und zwischen blühenden Hibiskushecken. Es gibt gegrillten Fisch und Kartoffeln mit Mojosoße, sowie andere unbekannte Köstlichkeiten. Der Wein tut ein übriges, um für gute Stimmung zu sorgen.
Nach einer ausgelassenen und ungezwungenen Feier verabschieden wir uns.
Diese Hochstimmung nahmen wir mit nach Hause. Lachend und singend stiegen wir aus dem Bus, als uns ein heftiger Windstoß entgegen fegte. Er führte auch Sand, Blätter, abgerissene Zweige von Bäumen und ihre Samen mit sich, die er uns ins Gesicht warf. Wir musste die Augen schließen.
Was war das?
Je kamen wir aus der Beschwingtheit in eine allzu realistische Wirklichkeit zurück. Wieder fegte eine Windböe Berge von Sand, Äste und Plastetüten vor sich her. Wir beeilten uns, ins Hotel zu kommen. Es war nicht der Wein, der unseren Gang schlenkern ließ. Dieses Privileg gehörte dem Wind, der schnell an Stärke zunahm. Wir stemmten uns gegen die Böe; plötzlich war sie weg und die aufgebrachte Kraft viel ins Leere, so dass man fast stürzte. Endlich und unbeschadet hatten wir das Hotel erreicht und fühlten uns sicher, was sich als Irrtum erwies.

Es wurde schnell dunkel, denn der Sturm hatte sich Wolken herangefegt und sich mit dem Regen verbündet. Doch er zwang dem Regen sein Regime auf. Er warf die Wassermassen kraftvoll gegen das Dach, die Wände und Fensterscheiben.
Es rauschte, als würde über uns ein Wasserfall entfacht.
Plötzlich absolute Stille, nur der Regen rauschte ganz leise - ein beruhigendes Geräusch. Leider kein anhaltendes, denn natürlich

kam er wieder, hatte seine Kraft noch verstärkt, riss die Ziegel vom Dach, warf sie durch die Luft, zerrte an den Dachbalken. Sie ächzten und stöhnten unter dem Druck. Er rüttelte an den Scheiben. Wir hatten großen Schiebetüren zum Balkon, völlig aus Glas.

Eine herrliche Angriffsfläche für den Sturm, doch noch kam er von der Seite und rüttelte nur an den Fenstern.

Wieder Stille. Zeit zum aufatmen, Hoffnung zu schöpfen.

Nein, zu früh.

Man hörte ihn kommen. Leise schlich er sich an, dann, schon stärker, fegte er die Hügel hinunter, alles mit sich nehmend, was sich ihm in den Weg stellte. Er schwoll an zum Orkan. Sein Donnern klang schaurig in den Ohren und angstvoll sahen wir auf unsere Scheiben, die uns vor der Außenwelt schützen sollten, vor dem Chaos, dem Höllenfeuer, das draußen ausgebrochen schien. Doch es war unsicher, ob sie der Kraft des Sturmes standhielten.

Jetzt drückte er seine ganze Kraft dagegen, die Rahmen bogen sich bedenklich nach innen. Wir flüchteten in die Tiefe des Zimmers, aus Furcht, die Scheiben könnten bersten. Er schickte eine Böe nach der anderen gegen die Scheiben; seine Kraft wollte nicht enden. Die Angst stieg. Immer stärker schwankten die Fenster. Wie lange würden sie noch standhalten?

Und dann wieder Ruhe. Für den Moment hatte er sich ausgetobt, nur leise säuselte er noch im Tal. Warte nur, ich komme wieder.

Wehe dem, der ihm in diesen Minuten der Stärke ausgeliefert war. Durch die Luft gewirbelt und mit Bravour wieder zur Erde geworfen, zerschunden, zertreten, zerschmettert, ein kläglicher Überrest eines Individuums, dem nicht einmal Zeit blieb, seine Schwäche gegenüber diesen himmlischen Gewalten zu erkennen. Wieder und wieder schlich er sich scheinheilig, leise und zart tuend vor, wedelte nur mit den Vorhängen, flüsterte in den Baumwipfeln, säuselte den Vögeln etwas zu - vorbei, endlich vorbei?

Nein! Ha, genarrt! Ich bin noch nicht müde. Ich kann dich noch lange schrecken und ich habe Spaß daran.
Hui, jetzt geht`s erst richtig los. Halte dich irgendwo fest, wenn du kannst. Nein! Du kannst nicht.
Ich bin der Starke, der Stärkere.
Ich zerre dich aus deinem Winkel, in den du glaubst, dich sicher verkrochen zu haben.
Ich reiße dich von dem Baum, an dem du hoffst, dich festhalten zu können.
Ich fege dich von deinem Weg im Tal, auf dem du sicher zu gehen glaubtest.
Ich werfe dich in den Abgrund - wenn ich will.

Aber jetzt will ich nicht.

Das Spiel ist aber noch nicht zu Ende, erwarte das nicht.
Laufe schnell, laufe vor mir davon, wenn du kannst und wenn du glaubst, du hast es geschafft, vor mir ein festes Haus, eine Burg, die dich schützt, zu erreichen - ha - ich lache, ich hole dich ein, ich laufe vor dir her, ich umringe dich, dass dir der Atem wegbleibt, ich zerre an deinen Kleidern.
Der Hut - ist mir zu wenig.
Wenn ich will, bist du verloren und du weist es auch. In diesem Moment ist es dir klar geworden. Du findest nicht einmal Zeit zum beten, aber du hoffst, vielleicht schaffe ich es doch noch, nur wenige Schritte bis zur Tür, bis zur Rettung.
Na, gut. Ich gönne dir eine Verschnaufpause, aber ich komme wieder.

Die Stille war unheimlich. Der Regen hatte aufgehört, nur riesige Wolkenfesten trieben eilig am dunklen Himmel dahin, - auch Gejagte. Der Sturm hatte alles in seiner Gewalt.
Und er war noch lange nicht am Ende.

Man hörte kaum etwas, aber man spürte es, jetzt kam er wieder. Oben auf dem Gipfel sammelte und bündelte er seine Kräfte; alles in einen Schlag legen, einen alles vernichtenden Schlag.

Und dann kam er.
Erst verhalten, fiel er die Steilhänge hinunter, umspielte die Anhöhen, brach in die Landschaft, knickte die Bäume, zerriss die Zäune, bemächtigte sich der Bananen.
Und wieder preschte er gegen die Fensterscheiben.
Eine Nacht voller Angst.
Wann würde sie enden?
Wie würde sie enden?

Der Morgen empfing uns mit strahlendem Sonnenschein und obwohl wir fast die ganze Nacht nicht geschlafen hatten, zog es uns hinaus ins Freie.
Da konnten wir sehen – der Sturm hatte ganze Arbeit geleistet.
Die Verwüstungen an Bäumen und Häusern waren groß. Es waren auch Menschen zu schaden gekommen.
Die Menschen beseitigen die Schäden, das Leben geht weiter. Lediglich die Versicherungen leiden noch eine Weile.

Doch um lange Trübsal zu blasen, dafür ist es auf Teneriffa viel zu schön.

Theaterbesuch

Heute ist alles ein bisschen aufregend.

Wir gehen ins Theater. Leider viel zu selten, deshalb ist es etwas Besonderes – sollte es auch sein.

Wir können unser Auto vor dem Theater parken.

Der Abend ist nasskalt und windig und wir sind froh, endlich in das Foyer des Theaters zu gelangen.

An der Abendkasse bekommen wir noch zwei Karten. Das ist ein Glück.

„Carmen!" – ich hatte ganz vergessen, welche wunderschönen, leichten und doch so anspruchsvollen Melodien uns berauschen würden.

In bunten Kostümen wirbeln die Tänzerinnen und Tänzer nach schwungvollen Klängen über die Bühne und Carmen besticht durch eine wundervolle Stimme.

Dazu die „Staatsoper Berlin" – allein immer wieder ein Erlebnis.

Fast schwebend vor Glück, empor gerissen von Gefühlen, treten wir danach ins Freie.

Schwarz steht der Nachthimmel über uns.

Aber die Veranstaltung ist noch nicht zu Ende – fast beginnt sie jetzt erst.

Kühl empfängt uns die Winterluft. Während wir im Theater saßen, hatte es geschneit, viel geschneit. Leise schweben noch immer Schneeflocken herab. Eine dicke, flauschige Decke verschluckt die Großstadtgeräusche.

Und was nun kam, hatte ich noch nicht erlebt. Die Menschen, die das Theater verließen und sonst in Hektik nach Hause drängten, waren eingefangen von dem Zauber, den das feenhafte Weiß dort plötzlich entfacht hatte. Alle bewegten sich langsam und bedächtig, schritten zu ihren Fahrzeugen, die vor dem Theater parkten.

Auch wir öffneten leise die Türen.

Fast wie in Zeitlupe fegte jeder den Schnee von seinem Fahrzeug, grüßte wohl noch kurz seinen Nachbarn, setzte sich behutsam in seinen Wagen, und fuhr langsam, bemüht wenig Geräusche zu verursachen, davon.
Dieser Moment hatte die Weihe eines Domes und gern hätte ich die Zeit angehalten.

Die Handlung ist schon viele Jahre her; ich empfinde sie wie damals – ein Augenblick im Leben, den man nie vergisst.

Potsdam, 4. November 1989

Erste große Demonstration in Potsdam.
Alle anderen vergleichbaren Städte haben sie schon hinter sich.
Potsdam, Platz der Nationen, 4.November 1989, 14.00 Uhr!
Zehntausende waren gekommen; hatten seit Wochen auf diesen
Tag gewartet.
Gleichklang der Seelen.
In diesem Moment waren wir alle Brüder.
Das Wort Freiheit hatte Gestalt angenommen. Sie war in uns, um
uns und der Himmel weitete sich darüber.
Wir hatten Angst, aber um nichts in der Welt hätten wir diesen
Platz verlassen. Auf keinen Fall hätten wir diese Stunde missen
mögen; auf dieses erhebende Gefühl verzichten, dass die Herzen
öffnete und sie schneller schlagen ließ.
Ich weiß heute nicht mehr was der Redner sagte. Worte sind auch
nicht so wichtig, wenn auch nötig. Als er uns aufforderte "Brüder
zur Sonne zur Freiheit" zu singen und alle dieses Lied
anstimmten, versank mir die Stimme in Tränen. Es waren nicht
nur Tränen der Rührung, auch der Begeisterung und der
Erkenntnis, wie viel Kraft in dieser Stunde lag.
Leider ist diese Kraft eine flüchtige Größe und platzt wie eine
Seifenblase, wenn es darum geht, sie in praktische Anwendung zu
bringen. Es kommt zu Meinungsäußerungen und jeder hat eine
andere Meinung und damit ist der Spuk vorbei.
Ich habe an Versammlungen des "Neuen Forum" teilgenommen.
Wir haben zusammen gesessen und es sind Dinge geschehen, die
ich nicht gutheißen konnte.
Das Neue Forum hatte damals die Möglichkeit, eine neue große
Partei zu werden und wenn das Ziel gut gewesen wäre, auch
entscheidende Dinge zu bewegen. Vielleicht wären bessere
Ergebnisse, wie die heutigen erreicht worden.
Aber es gab kein Konzept. Keiner wollte von seiner ganz privaten
Meinung abweichen.

Ja, das Neue Forum - zuerst auf dem Plan und zum Sturmangriff geblasen - hatte als letztes ein Konzept, als die SPD - später ins Leben gerufen - längst zu Taten übergegangen war.

Schade! Ich hätte so gerne dort weitergemacht, wo wir am vierten November 1989 auf dem Platz der Nationen in Potsdam angefangen haben.

H.Munzke
Baumstudie
1989

Das Ding mit dem Autoschlüssel

Autoschlüsselkrankheit?

Also, das was ich euch jetzt erzähle, ist die Wahrheit und ich habe es mir nicht ausgedacht.

Es hat sich tatsächlich so abgespielt und ist zum Zeitpunkt des Geschehens durchaus nicht komisch gewesen. Nein, im Gegenteil, wir waren oder ich war oft am Rande des Verzweifelns.

Dabei bin ich durchaus ein ganz normaler Mensch und kein bisschen verrückt, wie ihr vielleicht annehmen werdet, wenn ihr die Ereignisse erst gelesen habt. Aber glaubt mir, dies oder Ähnliches kann jedem passieren und ihr würdet dem genau so hilflos gegenüberstehen wie ich.

Das Ganze spielte sich über einen längeren Zeitraum ab, vielleicht zwei Jahre und ich bin der Meinung, dass ich vielleicht die Autoschlüsselkrankheit hatte. Falls es so etwas gibt. Doch genau so schnell wie sie kam, war sie auch wieder weg. Schäden sind nicht zurückgeblieben. Natürlich hat sie viel Ärger, Aufregung und auch Kosten verursacht und manchmal lagen die Nerven blank. Der Weg zum geparkten Auto, wenn ich wieder mal verzweifelt in allen Taschen nach dem Autoschlüssel suchte, war schon Horror. Nein, bitte nicht schon wieder.

Heute können wir schon darüber lachen oder wir haben es ganz vergessen. Leider kann ich ähnlich geschädigten Mitmenschen keine Therapie oder Behandlungsempfehlungen geben, da - wie schon gesagt - es plötzlich vorbei und ohne Nachwirkungen war.

Wir wohnten zu diesem Zeitpunkt auf dem Lande, in einem kleinen Häuschen und sind vor kurzem erst in die Stadt gezogen. Das war auch der Grund, weshalb wir das Auto verkauft haben. Wir besaßen zu der Zeit zwei Autos, weil jeder eins brauchte. In der Stadt ist das anders. Ein Auto reicht. Wir kauften uns ein neues Auto. Die Autoschlüssel des neuen Autos habe ich noch nie verbummelt. Vielleicht lag es auch am Auto!

Burg Eisenhardt

Kennen Sie die Burg „Eisenhardt" in Belzig?
Nein? Sollten Sie aber kennen, oder kennen lernen – es lohnt sich und nicht nur für chaotische Autofahrer.
Aber, alles der Reihe nach.

Wir besuchen heute die Burg. Das Wetter ist nicht so besonders, es windet stark, aber kein Regen. Vor der Burg ist ein Parkplatz. Wir stellen unser Auto ab. Eilig ziehen wir die Mäntel über; der Wind ist empfindlich kalt. Ein kurzer Weg führt zur Burg hinauf. Durch einen Torbogen gelangt man in den Innenhof. Hier ist alles sehr interessant, auch gut gepflegt.
Wir können den Bergfried besteigen und haben von dort eine besonders schöne Aussicht über die Burganlage und die Stadt Belzig.

Es befindet sich ein mittelalterliches Restaurant und ein Hotel in dem alten Gemäuer, das liebevoll restauriert ist.

Wir haben uns ausführlich informiert, alles angeschaut und anschließend vorzüglich gespeist.
Gut gelaunt verlassen wir nach einigen Stunden die Burg, um viele Eindrücke mit nach Hause zu nehmen.

Unter dem Torbogen befindet sich ein Informationsbüro, in dem man auch Andenken und Postkarten kaufen kann.
An der Eingangstür hängt ein Schild:
„Autoschlüssel gefunden"

„Welcher Idiot verliert denn seinen Autoschlüssel," denke ich bei mir.
Der Idiot bin ich!

Der nette Verkäufer rät mir noch, den Autoschlüssel an einer
langen Kette um den Hals zu hängen.
So ein Quatsch, ist meine innere Reaktion.
Leider sollte er recht behalten.

Oder: Wenn ich gewusst hätte, wie recht er hat... .

Havelpark Dallgow

weithin sichtbar –das Ziel unserer Reise– sprich Einkaufsbummel.

Heute haben wir wohl einen schlechten Tag erwischt, schlecht für uns, gut für die Händler. Wir bekommen nur ganz hinten, weit weg vom Eingang einen Parkplatz, weil alle anderen Stellplätze belegt sind. Hinzu kommt noch, dass sehr schlechtes Wetter ist. Es regnet und der Wind fegt in starken Böen über den Platz.
Beim Aussteigen aus dem Auto, lege ich den Autoschlüssel nicht wie sonst auf das Autodach – der Wind könnte ihn wegwehen. Ich lege ihn auf den Rücksitz. Dann ziehen wir unsere Jacken an, schließlich ist es nass und kalt, der Weg bis ins Warme weit. Ich nehme meine Tasche noch aus dem Auto und werfe die Türen zu.
Ich habe mir angewöhnt, das Auto nicht mit dem Schlüssel zu verschließen, sondern das Türschloss einzurasten, bevor ich die Türen schließe, damit ich das zuschließen nicht vergesse, was mir auch schon öfter passiert ist.
Also, alle Türen zuwerfen. Wie ich beim letzten Werfen bin – o, Schreck – ist wieder alles zu spät. Aber die Tür ist nicht mehr aufzuhalten. Zwar habe ich den Schwung noch etwas abgebremst, sodass die Tür nur einmal einrastet. Das reicht aber, damit sie unwiederbringlich verschlossen ist und der Schlüssel liegt drin. Lieber Gott! Mach, dass es nicht wahr ist.

Den Einkaufsbummel können wir wohl vergessen.
Geschockt gehen wir in das Center zur Information und bitten, dass man uns den ADAC bestellt. Die Dame ist auch recht freundlich und erfüllt uns den Wunsch. Der ADAC würde gleich kommen.
Wir postieren uns also vor der Tür, damit wir mitbekommen, wenn uns geholfen werden soll. Nach einer halben Stunde wird uns kalt und wir wechseln uns mit dem Türstehen ab, schließlich sind wir ja zwei.

Nachdem eine Stunde vergangen ist, fragen wir an der Information, was denn der ADAC gesagt hätte. Sobald jemand vom Einsatzteam frei ist, kommt er vorbei. Also, nächste halbe Stunde warten.

Nach zwei Stunden, es ist kalt, und die Füße tun weh, bitten wir den Info-Stand – die Dame wurde inzwischen durch einen Herrn ersetzt - noch mal beim ADAC anzurufen. Dort weiß man von unserem Problem nichts, versprechen aber, sofort jemanden zu schicken. Was sollen wir anderes tun, als warten. Man kann es nennen wie man will, infrage kommt jedenfalls „Dummheit muss bestraft werden".

Nach drei Stunden sind wir echt sauer und bitten den Info-Stand doch mit mehr Nachdruck auf den ADAC Einfluss zu nehmen. Dort ist man sehr optimistisch und meint, was wir eigentlich wollen, es ist schon jemand zu uns unterwegs und er müsste jeden Augenblick eintreffen, wenn er nicht etwa schon da wäre.

Schnell laufen wir vor die Tür und tatsächlich nach zehn Minuten kommt das Fahrzeug vom ADAC.

Nun geht alles sehr schnell. Der freundliche Mechaniker nimmt einen starken Draht, fummelt kurz an der Tür bei der Fensterscheibe herum und klick geht der Mechanismus auf. Es plumpst zwar schon ein bisschen bei uns – der Stein von unserem Herzen - aber hörbar ist es wegen der langen Wartezeit nicht.

Wir müssen noch ein Zettelchen unterschreiben, dann ist der rettende Engel auch schon wieder weg, zur nächsten Katastrophe. Bestimmt denkt er, was es doch für Idioten gibt. Na, auch egal.

Wir setzen uns ins Auto und fahren nach Hause. Der Einkaufstag ist uns gründlich verleidet. (verwindet, verweht?)

Eingeklemmt

Heute ist herrliches Sommerwetter, da fahren wir natürlich in den Garten. Schnell packen wir ein bisschen Verpflegung ein und schon geht es los. Unser Garten ist nur knapp zehn Autominuten entfernt – man könnte auch mit dem Fahrrad fahren – nächstes Mal – aber so sind wir schneller da. Viele Autos stehen auf dem kleinen Parkplatz der zur Gartensparte gehört. Kein Wunder, das schöne Wetter lockt alle hinaus.

Wir nehmen unseren Picknick-Korb aus dem Kofferraum:

„Da hat eben etwas geklappert. Hast du das auch gehört?"

Mein Mann verneint. Ich schaue in den Kofferraum, unter das Auto – es ist nichts Verdächtiges zu beobachten.

„Vielleicht bist du irgendwo angestoßen oder es ist etwas verrutscht." Jedenfalls ist nichts festzustellen, also klappe ich die Kofferhaube zu und wir gehen in den Garten.

Es ist ein wunderschöner Tag und man hat auch Lust auf ein bisschen Gartenarbeit, was ja immer sein muss und es ist auch immer Arbeit da. Besonders im Frühjahr gibt es viel zu tun, Laubenpieper wissen das. Das Jahr ist noch jung, trotz sommerlichen Wetters.

Glücklich, ob der erzielten Erfolge – sprich Unkraut ziehen und Laub harken, erholt dank des schönen Wetters und auch ein bisschen kaputt, treten wir am späten Nachmittag den Heimweg an.

Beim Auto geht das übliche Schlüssel suchen wieder an, die Dauerfrage: „Hast du ihn, hab ich ihn?"

Nein, keiner hat ihn und wo ist er dann?

O, Gott! Er steckt in der Kofferklappe, tief eingeklemmt.

Das Geräusch!

Ich habe ihn auf den Haube gelegt und beim Öffnen ist er gerutscht.

Wir versuchen ihn herauszuziehen, vergeblich. Es guckt nur ein Stück Ledertasche heraus und der Schlüssel, sowie Ring – der hat sich sicher quergestellt – befinden sich unter der Haube. So breit ist der Zwischenraum zwischen Auto und Klappe nicht, um den Schlüssel heraus zubekommen. Nach vielen vergeblichen Ziehversuchen geben wir verzweifelt auf.

Was tun?

Ich greife an die Fondstüren.

Hallo, eine ist offen!

Na toll, hätte gefährlich werden können, aber jetzt ist es unsere Rettung. Mein Mann kriecht in den Wagen, klappt die hintere Sitzbank herunter und so gelangen wir in den Kofferraum. Den Schlüssel aus seiner Zwangslage zu befreien ist ein Kinderspiel.

Großes Aufatmen – ist gerade noch mal gut gegangen.

Zum Arzt

Heute muss ich zum Arzt. Nichts schlimmes – mehr eine Kontrolle. In einer Nebenstraße stelle ich das Auto ab, muss aber noch einen Parkschein lösen. Der Parkautomat ist nicht weit weg, also lasse ich den Schlüssel stecken, werfe aber die Autotür zu. „Au, verdammt. Ich habe doch wieder die Türverriegelung eingerastet. Nun ist wieder alles zu spät!
Ich muss mir unbedingt abgewöhnen, die Autotür zu verriegeln. Es geschieht eigentlich aus Vorsicht, weil ich schon öfter vergessen habe, die Autotür beim Parken zu verschließen und sie oft tagelang offen war. Ein Glück, bisher hat es niemand bemerkt. Jetzt gehe ich erst mal zum Doktor.
Nach dem Arztbesuch frage ich die Schwester, ob ich telefonieren darf. Ich rufe meinen Mann an. Wir wohnen auf dem Lande; deshalb kann ich nicht mit der Straßenbahn nach Hause fahren und das Auto einfach stehen lassen.

„Ich habe den Autoschlüssel im Auto stecken lassen. Kannst du mich bitte vom Arzt abholen und bringe bitte den zweiten Schlüssel mit. Er hängt am Brett.“
Das kommt alles ziemlich kleinlaut und mein Mann am anderen Ende der Leitung kann nur laut und vernehmlich tief Luft holen; dann knurrt er: „Ich komme. Ungefähr in einer halben Stunde bin ich da.“
„Danke.“
Ein Glück – es ist heute schönes Wetter.

Friedhof

Endlich ist am Sonntag auch mal schönes Wetter, da werden sich die Heimbewohner freuen, dass sie im Garten sitzen können.
„Um fünfzehn Uhr wollen wir bei Oma sein. Wenn wir vorher noch auf den Friedhof wollen, müssen wir jetzt los."
„Ich bin fertig. Hast du die Gießkanne?"
„ Na, dann fahren wir."
Vor dem Friedhof ist ein kleiner Parkplatz, da stellen wir das Auto ab.
„Meine Tasche möchte ich nicht mit auf den Friedhof nehmen."
Liegen bleiben kann sie auch nicht. Hier wurde schon in Autos eingebrochen.
„Ich lege sie in den Kofferraum, da sieht sie niemand."
Also, alles der Reihe nach. Gießkanne aus dem Auto nehmen, Auto abschließen, Schlüssel sorgfältig in die Tasche legen usw....
Wir kommen vom Friedhof zurück; griff in die Jackentasche:
„Hast du den Autoschlüssel?"
„Nein, du hast ihn doch in deine Tasche gelegt."
„Ja, stimmt, aber die Tasche ist im Kofferraum. O, was denn nun?"
„Wir müssen versuchen, das Schloss aufzuriegeln."
Auf dem Friedhof ist ein kleiner Bauplatz. Wir suchen nach einem geeigneten Gegenstand und finden einen rostigen Draht. Leider sind wir Laien im Auto aufhebeln – es gelingt uns nicht.
Neben uns parkt ein Auto aus Erfurt.
„Können wir ihnen helfen?" Die Frage kommt von freundlichen Leuten, die gerade aus dem Auto steigen und auch auf den Friedhof wollen.
„Nein, nein, vielen Dank," beteuern wir.
„Ich gehe mal zu der Telefonzelle dort vorn, um den ADAC anzurufen."
„Du hast doch kein Geld. Ich hab nur die Nummer vom ADAC in meiner Jacke."

„Gib die mir, mal sehen, vielleicht habe ich Glück.“

Ich laufe zur Telefonzelle. Ein junges Mädchen telefoniert mit einer Telefonkarte. Als sie den Hörer auflegt, bitte ich:

„Kann ich mal ihre Karte benutzen. Ich müsste den ADAC anrufen, weil... “

Sie leiht mir ihre Karte.

„Sehr freundlich. Danke.“

„Hallo, ist dort der ADAC. Wir haben ein Problem mit dem Auto. Nein ich habe keine Unterlagen, aber mein Mann ist bei Ihnen Mitglied, das müssen sie doch am Namen feststellen können.“

Der ADAC: „Es tut mir leid, ihr Mann ist nicht mehr Mitglied bei uns.“

„Ja, aber können sie mir nicht trotzdem helfen?“

„Nein, da müssen sie einen privaten Autohilfsdienst anrufen.“

„Aber hören sie, ich sagte ihnen doch, ich habe nichts in der Hand, alles liegt im Auto....“

Die hat aufgelegt. Fassungslos stehe ich da, soll ich lachen oder heulen; eigentlich ist mir mehr zum heulen zu mute – was soll ich jetzt tun?

Ich gehe zurück zum Auto, mein Mann sieht mich fragend an, ich zucke die Schultern, Oma wartet auf uns und der Kuchen im Auto wird warm.

Die Leute aus Erfurt kommen gerade vom Friedhof zurück.

„Sie sind ja immer noch da?“ Nun erzählen wir unser Missgeschick.

„Haben sie einen zweiten Schlüssel?“

„Ja, der liegt zu Hause.“

„Wo ist zu Hause?“

„Ungefähr zwanzig Kilometer in Richtung Autobahn.“

„Steigen sie ein, wir fahren sie hin.“

Wir können es kaum glauben, dass es noch so nette Menschen gibt.

So also, wurde das Problem gelöst.

Auch Kaffee und Kuchen kamen anschließend im Altersheim noch zur rechten Zeit.

Auch das ADAC-Problem habe ich gelöst. In einem Brief an den ADAC habe ich den Vorfall geschildert.
Man hat uns das Geld für eine Taxe erstattet, sich entschuldigt, denn natürlich ist mein Mann Mitglied und als die netten Leute aus Erfurt wieder hier waren, sind wir von dem Geld gemeinsam Essen gegangen und haben dabei den Vorfall nochmals ausgiebig besprochen.
Wir konnten auch schon ein bisschen darüber lachen.
Dem ADAC, bzw. dieser Mitarbeiterin, deren Namen ich mir in der Aufregung nicht gemerkt habe, sind wir allerdings noch ein bisschen böse.

Markthalle

„Schönen Feierabend und gute Heimfahrt."
Ich winke meinem Kollegen am Nachbarstand in der Markthalle zu und gehe aus der Halle hinaus zu meinem Auto. Jetzt schnell nach Hause.
Draußen ist es schon dunkel und auch empfindlich kalt. Auf dem Weg zum Auto krame ich in meiner Tasche nach dem Autoschlüssel. Wo ist der bloß? Eigentlich bin ich nicht schlampig. Er bekommt bei mir immer den gleichen Platz, außen in der kleinen Tasche mit dem Reißverschluss. Aber da ist er nicht.
Verdammt! Na, muss ich eben die anderen Fächer durchkramen, wahrscheinlich habe ich ihn in Gedanken in ein anderes Fach der Tasche gelegt. Taschen sind sowieso etwas Furchtbares. Selten findet man in ihnen sofort was man gerade sucht.
Also, das ist ja komisch. In den anderen Fächern der Tasche ist der Schlüssel auch nicht. Ich bin leicht nervös. Es kommen aber noch die Manteltaschen in Frage.
Auch nichts. Hm...
Ja, und nun? Ich gehe erst einmal zurück an den Stand; sicher habe ich in Gedanken den Schlüssel mit reingenommen. Ich weiß zwar nicht, wo er dort liegen könnte, aber nachschauen muss ich wohl.
„Ich suche meinen Autoschlüssel," erkläre ich dem Standnachbarn. „Werd ihn schon finden."
Aber das ist ein Irrtum. An meinem Stand liegt er nicht. Nun bin ich schon kribbelig Ich gehe wieder heraus aus der Halle. Die Situation ist komisch, ein bisschen fatal.
Um mich zu beruhigen, drehe ich eine große Runde außen um die Markthalle und hoffe, dass die kühle Winterluft mir eine Erleuchtung bringt.
Mein Gott, Walter.

Schließlich stehe ich ziemlich ratlos wieder vor meinem Auto und sehe es an wie ein Gespenst. Ich schaue und schaue und kann es nicht glauben.

Da liegt mein Autoschlüssel friedlich auf der Motorhaube, als wäre dies just der rechte Platz für ihn.

Ich glaube sogar, er grient mich etwas höhnisch an.

Jetzt erst fährt mir doch so richtig der Schreck in die Glieder. Noch leichter kann man es einem Autodieb wohl nicht machen, als ihm den Schlüssel handfertig fürs Losfahren auf die Haube zu legen.

Erstaunlich. Da lag er nun den ganzen Tag, solange ich auf Arbeit war, das waren immerhin neun Stunden , brav auf der Motorhaube und ist immer noch da.

Also, jetzt will ich nicht länger philosophieren, Schlüssel greifen, Auto aufschließen; es ist natürlich eiskalt darin; einsteigen, starten, losfahren, mit zittrigen Knien. Nur schnell nach Hause.

„Tag, mein Schatz. Stell dir vor... So ein Quatsch. Na, was soll's. Kann ja jedem mal passieren.“

Stern-Center

Obwohl es 2000 Parkplätze gibt, ist es am Sonnabend immer brechend voll und fast nicht möglich, einen Stellplatz zu bekommen.
Nach längerem Suchen finden wir doch einen, gar nicht so weit weg vom Eingang.
Normalerweise besuchen wir das Einkaufs-Zentrum an einem anderen Tag, aber heute war uns so nach Götzenanbetung.
Das werden sie jetzt nicht verstehen oder doch?

Kurze Erklärung:
Die meisten Leute gehen in ein Shopping-Center, sprich Einkaufstempel, oder die neuen Götzen anbeten, nämlich einkaufen, Klamotten angucken, Geld ausgeben, vielleicht noch fast fooden, falls die Geldbörse es hergibt.
Früher ging man in die Kirche.

Jetzt bin ich abgeschweift.
Also, Auto abgestellt und rein ins Vergnügen.
Ich habe viel Ausdauer dabei, solange bis mein Mann ungeduldig wird; dann gehen wir noch Kaffeetrinken und schließlich zum Auto.
Krame, krame in den Taschen, einschließlich Jacken- und Hosentaschen.
„Hast du vielleicht den Autoschlüssel?" frage ich unsicher meinen Mann. Der sieht mich verzweifelt an:
"Nein, nicht schon wieder. Den Autoschlüssel musst du haben. Du hast doch das Auto abgeschlossen."
„Ich habe ihn aber nicht."
„Sieh noch mal richtig nach."
„Nein, er ist nicht da. Ich muss ihn auf dem Weg ins Einkaufs-Center verloren haben."
Dieses Mal ist er wirklich weg.

„Ist ja ein Wunder, dass das Auto noch hier steht. Der Schüsselfinder könnte damit längst über alle Berge sein. Wenn dir das erst mal passiert, bist du vielleicht achtsamer mit dem Autoschlüssel."
Mein Mann ist wütend, kann ich ihm nicht verdenken. Ich allerdings bin verzweifelt.

„Ich frage am Info-Stand, ob der Schlüssel abgegeben wurde."
Wieder in das Center. Die Dame am Info-Stand bedauert, nein kein Autoschlüssel.
„Darf ich bei Ihnen telefonieren?"
„Bitte."
Ich rufe mir ein Taxi. Inzwischen gehe ich wieder hinaus zu meinem Mann und als das Taxi kommt, fahre ich nach Hause, den zweiten Schlüssel holen. Dies ist wahrscheinlich die preiswertere Variante, als wenn ich mir einen Schlüsseldienst bestelle. Trotzdem kostet der Spaß fünfundvierzig DM.
Mein Mann muss am Auto bleiben, damit nicht inzwischen der Finder des Schlüssels damit wegfährt.
Nach solchen Fällen schwören wir uns jedes Mal einen Ersatzschlüssel irgendwo außen am Auto zu platzieren, für den Ernstfall sozusagen. Aber wenn alles vorbei ist, ist auch alles vergessen.

Am anderen Tag rufe ich im Stern-Center an und frage nach meinem Autoschlüssel, weil man ja einen Zweitschlüssel braucht und ein neuer sehr teuer ist.
Und siehe da – er hat sich angefunden, wurde abgegeben.
Wenn auch zu spät für uns, bin ich trotzdem froh darüber.

Winter

Dieses Jahr hat der Winter ganz schön zugeschlagen. Seit drei Wochen haben wir minus zwanzig Grad und Schnee liegt auch. Gemeinsam mit unseren Kindern fahren wir aus der Stadt heraus, in die Berge, jeder mit seinem Auto, zum Schlittenfahren.
Nach einem lustigen Tag - alle hatten ihren Spaß – gehen wir durchgefroren zum Parkplatz. Die Scheiben vom Auto sind zugefroren und wir müssen kratzen.
„Ich lass mal schon den Motor laufen, dann tauen die Scheiben ab und das Auto wird innen warm."
„Dann musst du aber auch die Autotür schließen, sonst klappt das nicht," sagt mein Schwiegersohn. Recht hat er und ich werfe die Autotür zu. Wir kratzen alle noch ein bisschen an den Scheiben herum, aber dann wird es uns zu kalt und wir wollen einsteigen.
O, Schreck! Die Autotür geht nicht auf!
„Ich habe sie bestimmt zugeriegelt."
Ja, und nun?
Der Motor läuft und wir kommen nicht ins Auto.
„Man kann zwischen Fenstergummi und Scheibe einen Draht schieben und die Tür so aufriegeln," gebe ich meine Weisheit vom Zuschauen beim ADAC-Fachmann wieder.
„Hast du einen Draht?" Ich zucke mit den Schultern. Wir kramen im Kofferraum und irgend jemand bringt tatsächlich ein Stück Draht zum Vorschein. Wir sind alle viel zu nervös und verfroren, aber mein Schwiegersohn bleibt bei so etwas ganz ruhig und er versucht sein Glück.
Es dauert; der Draht ist schwach, die Stelle, wo man einhaken muss, ist weder zu sehen noch zu ertasten und niemand weiß, wo sie genau ist und die Hände sind klamm. Zwischendurch versuchen wir abwechselnd immer wieder, seine Hände zu erwärmen, durch Handschuhe, da hat er kein Gefühl für die Arbeit, durch Reiben, das bringt nicht viel.

O, je, die Zeit läuft, der Automotor auch, es ist hundekalt und die verdammte Tür geht nicht auf. Ratlos sehen wir uns an. Was ist zu tun?

Jeder versucht mal mit dem Draht sein Glück, derweil Klaus, so heißt mein Schwiegersohn, seine Hände reibt, um sie wieder beweglich zu machen. Aber es klappt nicht. Wir sind schrecklich nervös, nur Klaus ist immer noch ganz ruhig. Immer wieder schiebt er den Draht durch den Spalt, sucht das Hindernis und klack ... macht es – die Tür ist auf.

„Das ist ja toll." „Wie hast du das gemacht?" „Du kannst ja Autodieb werden." So schallt es durcheinander. Jeder klopft ihm auf die Schulter, alle sind sehr froh.

„Nun aber nichts wie rein in die Autos und nach Hause in die warme Stube.

Den Grog hatten wir uns verdient.

Eins haben wir erkannt, als Autoknacker sind wir ungeeignet.

Dorfidylle
1984

Gedichte

Abstrakte Gedanken

Himmels stürmt das bleiche Gesicht,
als fiel es in tausend Schluchten,
und gibt dir gedankenvoll zurück,
was Krähenfüße befürchten.

Weit offen, ist der Mund geschlossen,
kannst nicht sehen, was er spricht,
aber hoffen, das den Tassen,
allemal das Licht gebricht.

Körper ist nur eine Seele,
schnell ist sie und unverdaut,
trägt am Bande eine Strähne,
ganz und gänzlich eingebaut.

Leuchten fern am Firmament,
wenn alle Glocken klingen,
sollst du stets der Erste sein,
um sie zu besingen.

Geigen schwingen in der Luft,
fern hin Donner brausen,
Gleichgesinnte kommen oft,
selbst zu dir gezogen.

Immer will ich Frieden geben,
keine Lust die mich verpackt,
können Götter für mich streben,
haben sie den Sarg geparkt.

Potsdam, 05.02.2002

Vielleicht !

Wir sind uns begegnet,
da hat es geregnet.

Wir trafen uns wieder
es blühte der Flieder.

Bei eitel Wonne
schien uns die Sonne.

Bei buntem Laub
war die Liebe taub.

Für Dich

Heute ist ein Tag wie keiner,
es vordem gewesen ist,
fröhlich woll`n wir sein und heiter
damit Du richtig glücklich bist.

Hoffen sehr Dich zu erfreuen,
dies ist unser aller Ziel,
wirst es sicher nicht bereuen,
denn der Liebe hab`n wir viel.

Einmal wollen wir Dir sagen
was uns längst am Herzen liegt,
was wir lang schon in uns tragen,
weil das Gute immer siegt.

Und von Deines Geistes Fülle
nimmt ein jeder sich ein Stück.
Das ist unser fester Wille,
ist es auch nicht Deine Pflicht.

Alles was Du uns gegeben
Güte, Strenge, Glück und Wein,
sollst Du 1000-fach erleben,
mögst damit verbunden sein.

Wenn es auch an manchen Tagen
uns an Sorgsamkeit gebricht.
Gemeinsam werden wir es tragen
es verspricht ein nahes Glück

Dir zu danken für den Reichtum
haben wir heut allen Grund,
und wir möchten es Dir gleichtun,
bieten kleine Gaben kund.

Doch lenket uns das wilde Blut
die Gemüter zu erheben,
nimm es nicht als Übermut,
lass es weiterlegen

Gedenke dann auch schön`rer Stunden
die ein Omen uns beschert,
denn es heilt so kleine Wunden,
wer sich liebt und sich verehrt.

17.12.1976

Herbstfreuden

Bunt sind Wald und Garten,
golden glänzt das Roggenfeld.
Ernte, die wir gut erwarten,
steht noch unterm Himmelszelt.

Blätter tanzen auf den Wegen,
Licht fällt durch das dünne Laub,
Winde kommen uns entgegen,
wirbeln auf den Straßenstaub.

Brennen erst die Erntefeuer
überall in unsrem Land,
kommen Geister in die Scheuer,
als Kürbisfratzen wohlbekannt.

Binden wir aus gelben Ähren
einen reichen Freudenkranz,
kann sich keiner dem verwähren,
ruft die Blasmusik zum Tanz.

Ich komme zu dir...

Ich komme zu dir um zu finden.
Ich komme zu dir um zu bleiben.
Ich komme zu dir um zu lieben.
Ich komme zu dir um zu leben.

Bin ich bei dir dann finde ich
Glück, Geborgenheit und Liebe,
oder Zank, Abwehr und Triebe.
Ob ich wohl bliebe?

Bin ich bei dir, dann möchte ich bleiben
ewig, um glücklich zu sein,
und alles, was wir dann treiben
trägt einen Heiligenschein.

Bin ich bei dir, erwarte ich Liebe
Zärtlichkeit und Träumerei,
das es ein Leben lang so bliebe,
wie jetzt - im Mai.

Bin ich bei dir, erfüllt sich mein Leben,
vergessen ist aller Hass, alles Streben.
Ich schenk dir Vertrauen,
du kannst auf mich bauen.

Ich wünsche dir:

- viel Glück im Leben

- immer gute Freunde

- dass du immer die richtigen Entscheidungen triffst

- Freude beim Lernen

- vor allem Gesundheit

- dass du immer neugierig bist

- Toleranz gegenüber Deinen Mitmenschen und Deiner
  Umwelt

- einen Beruf, der dir Spaß macht

- ein vernünftiges Hobby

- einen Lotto-Gewinn

- ein Auto, das ohne Benzin fährt

- eine reiche, nein, eine liebe Frau/Mann

- dass es dir nie an der nötigen Dankbarkeit mangelt

was ich vergessen habe

- natürlich alles, was du dir selbst wünschst

18   Jahre

18   welch ein schönes Alter,
schon erwachsen, noch so jung,
bist du heute noch ein Falter,
Ist`s morgen schon Erinnerung.

18   Schau zurück auf Deine Jugend,
denn das war die schönste Zeit.
Ob mit Schwung oder mit Tugend,
behalte deine Fröhlichkeit.

18   das willst du nicht bleiben,
hinaus ins Leben ist das Ziel,
wirst dem Fortschritt dich verschreiben,
allein davon erhoffst du viel

18   Vor dir liegt ein ganzes Leben,
doch davor sei dir nicht bang,
es wird Höhn und Tiefen geben,
meistre sie mit Tatendrang.

18   Vieles wirst du dir erstreben,
nimm dir alles, sag nicht nein,
nur auf eines sollst du sehen,
immer nur dir treu zu sein.

Ich und mein Unterbewusstsein...
Mein Unterbewusstsein und ich?

Ich sehe gut aus	glaubst du
Ich habe eine gute Figur	obwohl du so viel frisst
Ich bin intelligent	das ich nicht lache
Ich bin fleißig	nicht immer
Ich liebe meinen Mann	auch wenn er dich ohne Grund anschreit
Ich unterhalte mich gern	sag lieber, du redest zu viel
Ich lese gern	wann zum letzten Mal (außer der Zeitung)
Ich brauche andere Menschen	du hast aber keine
Ich fühle mich manchmal nicht wohl	selber schuld, warum ladest du dir so viele Sorgen auf
ich verreise gern	es regt dich aber jedes Mal auf, bevor es los geht
ich packe nicht gern Koffer	dann lass es doch einfach
ich muss leider öfter zum Arzt	du musst nicht, du willst
ich – musst du eigentlich immer das letzte Wort haben	ja

In jungen Jahren hat der Mensch kein Unterbewusstsein, besser gesagt, er erkennt es nicht. Höchstens ein Gewissen, wenn man ein guter Mensch ist. Nein, eigentlich immer; mancher kann es bezwingen.

Scheinbar entwickelt sich das Unterbewusstsein im umgekehrten Verhältnis zu unserer körperlichen Verfassung.

Sind wir gesund, jung, stark – ist es schwach und wir brauchen es nicht.

Aber je älter, krank und schwächer, vielleicht sogar hilfloser wir werden, desto stärker wird unser Unterbewusstsein.

Es wächst sozusagen mit unserer Schwäche.

Selten ist es unser Verbündeter, meist ein Gegner, den wir bekämpfen, in Schach halten müssen, was nicht immer gelingt.

Weisheiten

Alle Menschen, die im Leben
viel erreichen, was erstreben,
diese bleiben ewig jung,
jung mit der Erinnerung.

Wenn man jung ist, zählen Taten
und nur der Moment gewinnt.
Später lebt man mehr in Raten
oder wenn man Träume spinnt.

Ja, da soll mal einer kommen
die zu richten, welch ein Narr,
die vom Leben sich genommen,
was daran das Schönste war.

Hält der Mensch sich an ein Schema
und gedenkt er der Moral,
ist die Frage hier das Thema,
wer am End der Schlaue war.

Märchen

Die Liebe siegt

Sergè ist Fischer. Er fährt jeden Tag hinaus auf das Meer, um seine Netze auszulegen. Der Fischfang bringt nicht viel ein und so ist er ein armer Mann. Seine bescheidene Behausung befindet sich in einer Grotte und gleicht eher einer Felsenhöhle. Aber Sergè ist jung und zufrieden mit seinem Leben.

Eines Tages, als er am Strand seine Netze repariert, kommt Isabella, die Tochter des Königs, mit ihrem Gefolge, des Wegs daher. Sie bleibt bei ihm stehen und fragt ihn nach seinem Tun. Er erklärt ihr, wie man die Netze repariert, sie auf dem Meer auslegt und wieder einholt. Die Damen aus Isabellas Begleitung rümpfen schon die Nasen wegen des Fischgeruches. Isabella scheint das nicht zu stören.

Sergè fragt Isabella: „Möchtest du mit mir Boot fahren auf dem Meer?" Isabella sagt freudig zu und sie verabreden einen Termin für den nächsten Tag.

Die Hofdamen sind empört über die Frechheit des Fischers, solch ein Anliegen an Isabella zu stellen.

Wieder zurück im Schloss kann Isabella kaum die Zeit erwarten, sich wieder mit Sergè zu treffen. Allein geht sie im Garten spazieren, um in Ruhe ihren Gedanken nachzuhängen und die befassen sich nur mit ihm.

„Ich habe mich in ihn verliebt. Niemanden darf ich es sagen, mein Vater wird es nicht erlauben, weil Sergè nur ein Fischer ist."

Am anderen Tag trifft sie Sergè. Natürlich muss sie jemand von der Schlosswache begleiten.

Isabella reicht Sergè die Hand. Er hält sie ganz fest und zieht sie an Bord. Dann fahren sie hinaus auf das Meer. Isabella ist begeistert. Sie steht neben Sergè an der Bordwand des Bootes, sieht auf das Meer und ist glücklich. Auch Sergè ist glücklich, denn er liebt Isabella seit langem, obwohl er sie immer nur von fern gesehen hat. Sie ist wunderschön. Und als eine steile Woge das Schiff und Isabella zum schwanken bringt, ergreift Sergè zum Schutz ihre Hand und lässt sie nicht mehr los.

Sie treffen sich heimlich. Isabella entschlüpft durch die kleine Gartenpforte und hofft, dass es niemand bemerkt. Aber das ist natürlich unmöglich. Es dauert nicht lange, da erfährt ihr Vater davon und lässt sie von nun an bewachen. Es gelingt ihr nur noch ganz selten Sergè zu treffen und es macht sie beide unglücklich. Wieder bekommt es ihr Vater zu wissen, dass sie sich noch immer mit Sergè triff und er wird sehr böse. Isabella ahnt, dass etwas Schreckliches geschehen wird.
Sie nehmen ein Schiff und fahren zu ihm. Auch Isabella ist an Bord. Als sie auf dem Meer sind, kommt ein Sturm auf. Das Schiff passiert die Grotte, in der Sergè lebt. Bei normalem Seegang ist die Grotte befahrbar. Jetzt drückt der Wind das Wasser durch das steinerne Tor. Es steigt der Wasserspiegel und droht das Schiff gegen die Felsen zu schlagen.
Als Sergè das Schiff kommen sieht, fährt er ihm mit seinem Boot entgegen. Das Wasser ist eiskalt und die mannshohen Wellen drohen ihn zu verschlingen. Er ruft etwas zum Schiff herüber. Das Tosen des Meeres verschlingt seine Worte. Isabella schreit auf, als sie ihren Liebsten in Todesgefahr sieht. Zwei Männer halten sie fest. Ihr Vater tritt an die Reling und ruft zu Sergè hinüber:
"Du wirst Isabella nicht bekommen. Du bist es nicht wert. Wir sind gekommen, dir dies zu sagen und es ist endgültig!"
„Ich weiß," ruft Sergè zurück „und deshalb werde ich jetzt sterben..."
Den Rest seiner Worte verschluckt die See.
„Sergè!" Isabella stürzt an die Reling. Nur mit Mühe kann ihr Vater sie zurückhalten. „Nimm mich mit Sergè. Es ist nicht wahr, was mein Vater sagt. Ich liebe dich!"
Vor ihnen taucht groß und gewaltig das Felsentor auf.
„Wenden Sie. Wir müssen zurück, sonst wird es unmöglich!" befiehlt der König dem Schiffsführer.

„Sergè, Sergè!" Isabella wehrt sich verzweifelt gegen die Hände
die sie halten.
Hoch auf braust das Meer und die Brecher schlagen über Sergès
Boot zusammen. Es ist nicht mehr zu sehen.

Sie ziehen in ein fernes Land.

Monate vergehen. Isabella ist immer noch traurig. Sie kann und
will nicht verstehen, warum es so kommen musste. Nur langsam
beginnt sie den Schock zu überwinden.

Eines nachts erwacht sie voller Unruhe. Ihr Fenster steht weit
offen und der Wind spielt leise mit den Vorhängen. Plötzlich steht
ein Schatten hinter der Gardine. Vor Schreck bringt Isabella kein
Wort heraus.
„Isabella" sagt der Schatten leise „hab keine Angst. Ich bin es -
Sergè. Ich habe dich überall gesucht. Auf der ganzen Welt. Ich
konnte in meinem feuchten Grab keine Ruhe finden."
Isabella setzt sich im Bett auf. Ihr Gesicht wird erst weiß, dann
rot, aber das kann man bei der Dunkelheit nicht sehen.
„Sergè, bitte lass mich in Ruhe," bittet sie. „Warum hast du mich
damals nicht mitgenommen. Ich wäre so gern mit dir gestorben.
Du hast mich allein zurückgelassen, einsam und unglücklich. Jetzt
kann ich dir nicht folgen. Wir würden doch nicht
zusammenkommen."
„Isabella," sagt der Schatten von Sergè „ich liebe dich so, deshalb
musste ich zu dir kommen."
„Aber wie soll ich mit der glücklich sein? Du bist doch tot," ruft
Isabella verzweifelt aus.
Die Kammerfrau öffnet die Tür. Der Fenstervorhang weht nach
draußen.
„Isabella?" fragt die Frau und tritt an ihr Bett. „Warum schläfst du
nicht?" Sie legte ihr die Hand an die Stirn. „Du bist ganz heiß. Du
bist krank."

„Sergè..." flüstert Isabella. „O, je," sagt die Frau. „Sie fantasiert.
Ich werde den Doktor holen müssen."
Aber Isabella schläft glücklich ein. Natürlich wird sie Sergè
wiedersehen, weil sie ihn liebt.
Sergè kommt nun nachts zu Isabella, aber es ist ein einsames und
dunkles Glück, was die beiden Liebenden jetzt verbindet.

Isabella bekommt ein Kind von Sergè und sagt es ihrem Vater.
Der lacht sie aus.

Sergès Kraft lässt nach. Er kommt nur noch selten. Isabella bittet
ihn auszuhalten, bis das Kind geboren ist.
Isabella hat sich in ihre Gemächer zurückgezogen und nur ihre
Amme und der Doktor kommen zu ihr. Der König hat nur
Verachtung für sie.
Als Isabella das Kind bekommt, erscheint Sergè an ihrem Bett. Er
ist ganz schwach und sagt: „Meine liebe Isabella, ich möchte mich
von dir verabschieden. Meine Zeit ist abgelaufen. Bitte hüte unser
Kind."
Isabella greift nach seiner Hand. Die ist eiskalt.
„Berühre das Kind," sagte sie zu ihm.
„Aber vielleicht ist es dann tot."
„Es ist auch dein Kind." Isabella hält es ihm hin. Da fast er es an.
Leise weint das Kind, aber Sergè lebt. Glücklich sehen sich die
beiden an und Sergè wiegt das Kind in seinen Armen.
Es lächelt ihn an.

Der Ring

Kürzlich fand ich einen Ring. Er war schmal, mit einem glitzernden Stein, wie eine kleine Krone, aber nicht auffällig.
Da ich ihn weitab jeder Zivilisation fand, konnte ich ihn nur behalten.
Ich steckte ihn an den Ringfinger und siehe da, er passte.
Abends, bevor ich zu Bett ging, legte ich den Ring auf den Nachttisch. Es war mir neu einen Ring zu tragen und ich empfand ihn als Fremdkörper.
In der Nacht konnte ich schlecht schlafen. Unruhig warf ich mich hin und her. Plötzlich wurde es im Zimmer hell. Das Licht zog sich auf einen Punkt zusammen und darin erschien eine Frau. Sie stand völlig im Licht, deshalb konnte ich nur ihr Gesicht sehen. Sie lächelte und öffnete den Mund. Ich verstand aber nicht, was sie sagte und nach einer Weile erlosch das Licht.
Am Morgen hatte ich den Traum vergessen. Den Ring steckte ich gedankenverloren an den Finger.
Als ich das Haus verließ, war der Himmel bezogen. "Hoffentlich regnet es nicht. Ich habe keinen Schirm dabei." Nach einer Weile klärte es sich auf und es wurde ein schöner Tag.
Ich hatte heute frei. So ging ich ein paar Besorgungen machen und dann ins Schwimmbad. Wegen des schönen Wetters waren viele Leute da, besonders Kinder, denn es waren Ferien. So war verständlicherweise viel Bewegung und Lärm im Bad; mir wäre es aber lieber gewesen, das Schwimmbad für mich allein zu haben. So dachte ich bei mir.
Es dauerte nicht lange, da gingen viele Badegäste nach Hause. Sie zogen sich an und verließen das Bad, obwohl es noch früh am Tag war und kein Wölkchen am Himmel. So zog ich im Wasser allein meine Bahnen und niemand störte mich durch plötzliches ins Wasser springen oder entgegenschwimmen. Es war allerdings auch ein bisschen langweilig.

Als ich vom schwimmen genug hatte, stieg ich aus dem Wasser und legte mich auf mein Handtuch, in die Sonne. „Jetzt könnte ich ein Eis vertragen." Ich wusste aber, dass es in der Badeanstalt keinen Eisstand gab. Leider.

Aber das war ein Irrtum. Der kleine Kiosk neben den Umkleidekabinen hatte eine Eisfahne hängen. Ich war angenehm überrascht. So schlenderte ich zum Kiosk, kaufte mir ein großes Eis, setzte mich an einen der kleinen Tische unter einen Sonnenschirm und war rundherum zufrieden. Seit wann gibt es hier diesen Service?

Nachts hatte ich wieder diesen eigenartigen Traum, wieder erschien die Frau und wieder konnte ich nicht verstehen, was sie mir sagen wollte.

In der nächsten Nacht erschien die Frau, winkte mir zu und sagte: „Der Ring gehört dir. Bewahre ihn gut. Er wird dir deine Wünsche erfüllen, sobald du ihn drehst. Bedenke aber, er erfüllt auch unausgesprochene Wünsche. Sei also vorsichtig. Noch etwas, verrate niemanden unser Geheimnis, sonst geht seine Kraft verloren. Leb wohl." Das Licht wurde schwächer und ihre Stimme verhallte im Raum.

„Warte," rief ich und streckte die Hand nach ihr aus. Dabei stieß ich gegen den Nachttisch. Im Zimmer war es stockdunkel. Ich schaltete die Lampe an. Der Ring lag nicht auf dem Nachttisch. Ich hatte vergessen ihn abzusetzen.

Mit der Zeit gewöhnte ich mich an ihn und auch an die kleinen Gefälligkeiten, die er mir hin und wieder erwies, denn große Wünsche hatte ich nicht und wohl auch ein bisschen Angst davor, seine Kraft zu erproben.

Meine beste Freundin Susanne wurde plötzlich sehr krank. Ich ging sie im Krankenhaus besuchen und die Ärzte sagten mir, dass wenig Hoffnung bestünde für sie. Traurig saß ich an ihrem Bett. Trotz Schmerzen lächelte sie mich an. Ich streichelte ihre Hand.

Da kam mir plötzlich die Idee!

Ich steckte ihr den Ring an den Finger und sagte:

„Er wird dir Glück bringen, du musst fest daran glauben, versprich mir das." Sie nickte, betrachtete den Ring und dankte mir.

Fast glücklich verließ ich das Krankenhaus und ich hatte allen Grund dazu. Nach einiger Zeit wurde Susanne gesund aus dem Krankenhaus entlassen.

Freudig, fast übermütig, bummelten wir beide durch die Stadt und gingen in ein Cafe. Als sie mir Kaffee nachschenkte, fiel mein Blick auf ihre Hände. Da war kein Ring. Ich schämte mich fast sie zu fragen, schließlich hatte ich ihn geschenkt. Es ließ mir aber doch keine Ruhe.

„Den Ring trägst du wohl nicht. Er ist ja auch nicht so schön?" fragte ich sie vorsichtig.

„Welchen Ring?" Sie sah mich fragend an. Nun wäre es beinahe aus mir herausgeplatzt. „Na den Ring, den ich dir im Krankenhaus gegeben habe und der dich gesund gemacht hat." Das letzte konnte ich gerade noch verschlucken.

„Ach, ja. Entschuldige, ich hatte ihn ganz vergessen, über die Freude, dass ich wieder gesund bin."

„Verstehe ich doch."

„Er war plötzlich verschwunden," erzählte Susanne. „Ich lag noch einige Tage fast ohne Bewusstsein, die Schwestern mussten mich füttern und waschen. Es war schlimm. Als es mir dann besser ging, habe ich nach dem Ring gefragt, aber niemand wusste, wo er geblieben ist. Es tut mir leid." Sie schaute mich etwas unsicher an.

„O", lachte ich, „Es muss dir nicht leid tun. Die Hauptsache ist doch, du bist gesund und das feiern wir jetzt."

Ob er sich die Menschen selbst aussucht, huschte mir ein Gedanke durch den Kopf, aber ich vergaß ihn gleich wieder.

Was ich sagen wollte ist,

Gedichte habe ich schon immer geschrieben. Sie waren romantisch und mit viel Gefühl. Ich habe sie noch, aber sie gefallen mir nicht mehr.
Für einen Aufsatz in der Schule über ein Zitat von Goethe erhielt ich nur eine drei, obwohl Deutsch mein Lieblingsfach war. Der Aufsatz war in geschwülstiger Sprache geschrieben, fand der Lehrer und bewertete ihn nur mit „drei". Sicher hatte er recht.
Die Romantik ist mir bis heute erhalten geblieben, sie ist in mir, ich kann sie nicht ablegen.
Die Malerei kam später.
Das Talent, von meinem Vater geerbt, habe ich bisher wenig gepflegt. Er war ein guter Maler, konnte alles malen, von der Landschaft bis zum Christusbild, wenn dies jemand bei ihm in Auftrag gab.
Auch für ihn war es nur ein Hobby, trotzdem habe ich viel von ihm gelernt. Später hat er die Malerei aus Krankheitsgründen aufgegeben und sich der Philatelie gewidmet.
Auch ich habe jahrelang weder etwas geschrieben noch gemalt. Da waren andere Prioritäten in meinem Leben. Aber es gab immer Anlässe, wo meine Feder gefragt war, z.B. bei Betriebsfeiern, Geburtstagen, Festen, wenn Verwandte, gute Freunde eine Laudatio oder Ähnliches wollten. Dann setzte ich mich hin und bald floss es aus Feder oder Kugelschreiber. Ein paar Kostproben finden sie in meinem Büchlein, nicht unbedingt künstlerisch, aber vielleicht zum Weiterverwenden für ihre eigenen Anlässe.
Vor einigen Jahren habe ich die Schreiberei wieder für mich entdeckt. Begonnen habe ich mit einem Science Fiktion Roman, der aber immer noch nicht fertig ist. Auch die Malerei macht mir wieder Spaß.
Unsere Zeit, die so stark angefüllt ist mit Ereignissen, verleitet auch zu journalistischen Ergüssen, weil man oft der Meinung ist,

man müsse sich äußern, den Mitmenschen die Augen öffnen, andere belehren, es besser zu machen, zu schimpfen oder auch nur seine Beobachtungen mitzuteilen. Dies habe ich mir bisher verkniffen, weil es schon so viele Meinungen gibt und jeder hat recht – ich auch.

Ich glaube, in jedem von uns steckt ein Weltverbesserer und das ist gut so.

Mit diesem Büchlein möchte ich die Welt nicht verbessern, sondern mich einfach nur mitteilen, Gefühle darlegen, zum Schmunzeln anregen, unterhalten und ich hoffe, dass mir dies ein bisschen gelungen ist

Potsdam, den...20.10.2008